KB126216

여행 각성

OSAKA, NEW YORK & BOSTON, SAPPORO

여행 각성

OSAKA, NEW YORK & BOSTON, SAPPORO

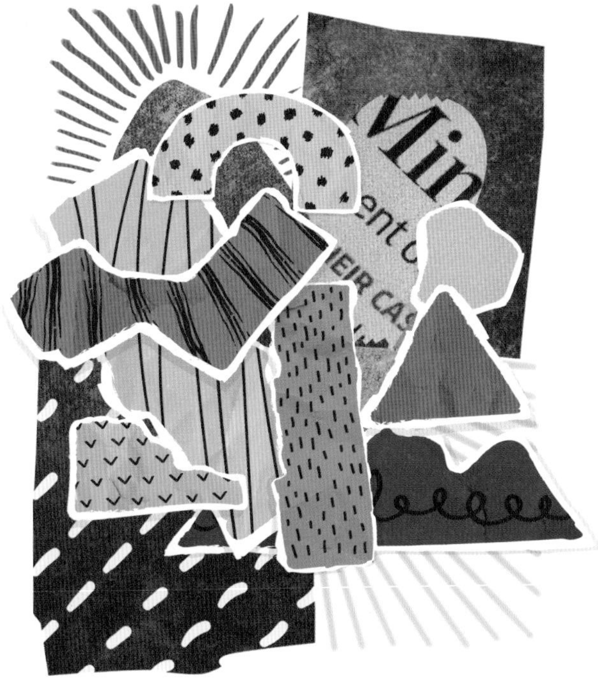

정 원 에세이

북심

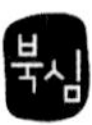

Prologue •

여행은 꿈의 각성을 위한 재료였다

"너 좀 부처님 같아."

"왜?"

"무슨 이야기를 하더라도 '그럴 수 있지'라고 하잖아."

내게 부처님 같다고 이야기한 친구는 그 당시 가장 진솔한 이야기를 나누던 관계였다. 진솔한 이야기라고 해봤자 서로 좋아하는 아이에 관한 푸념을 늘어놓는 것이 대부분이었지만… 어쩌면 그게 가장 중요하고 솔직한 화제였던 만큼 우리가 여러 가지 속사정의 가지를 펼치는 건 자연스러운 수순이었다. 개인에서 시작해 친구부터 가족사까지 다양했는데, 사실 나는 그 친구보다 이렇다 할 비밀을 고백할 것이 없었다. 그렇다고 그 친구의 삶을 이렇다 저렇다 판단할 이유도 없었기에 그의 말에 고개를 끄덕이며 그랬구나, 그럴 수 있지, 그렇고 말고 등의 비슷한 말을 했던 듯싶다. 어려운 이야기를 듣더라도 그와 내가 친구라는 사실에는 변함이 없었기 때문이다.

이렇듯 나는 내 주변 사람들이 어떤 삶을 사는지에 크게 연연하지 않았다. 나의 섣부른 생각이 타인에게 크나큰 상처가 될 수도 있고, 무례하게 보일 수도 있단 것을 정확히 알고 있기 때문이다. 그래서 조금은 냉정하게 느껴질지 모르지만, 어떤 상황을 듣더라도 최대한 덤덤한 반응으로 일관된 표정을 보이는 것이 오랜 시간 유지하고 있는 최선의 태도다.

내 삶도 조금 더 남을 보듯 볼 수 있었다면 얼마나 좋았을까. 나는 겉으론 쿨한 척, 세상엔 당연히 이런 사람도 있고 저런 사람도 있다고 누군가를 위로하면서도 사실 전전긍긍한 세월을 보내왔다. 사회가 만들어 놓은 틀에 나를 규격화하지 말자고 일기장에 쓰기도, 중얼거리기도 했지만 쉽게 달라지지 않았다. 일정한 나이가 되면 학교를 졸업해야 하고, 졸업하자마자 안정적인 수입이 생기는 것이 당연했고, 나 또한 그런 삶을 살 것이라 확신했다. 사실 대학교 마지막 학년이 될 때까지 큰 걱정이 없었다. 졸업하고 나서 전공을 살린 채로 일을 쭉 할 것으로 생각했고, 나를 좋게 봐주던 사람들이 종종 안부와 함께 일을 물어보곤 했으니까.

4학년의 첫 학기가 시작하면서 나는 시나리오 작가로 나아가고 싶었다. 그래서 글로 졸업하길 바랐으나 시간과 노력에 비해 내 작품은 지나치게 형편없었다. 입시 때 3개월 과외를 받고 덜컥 학교에 입학했기 때문에 글을 쓰는 데는 괜찮은 재주가 있을 거라 착각한 내 잘못이었다. 작품을 준비하면서 호되게 혼나는 날밖에 없어 쓰는 내내 탈출할 수 없는 악몽에 갇힌 기분이었다.

자신감을 잔뜩 잃은 채로 이제 뭘 먹고 살아야 하나 고민되어 어느 날 무턱대고 전화 사주를 신청했다. 그때의 사주 선생님이 핸드폰 너머로 던진 하나의 문장은 한참이 지난 지금까지도 또렷하게 남아 내 머릿속에서 사라지지 않고 있다.

'평생 맑은 글을 쓰기는 하나 이걸로 돈을 벌지는 않음.'

자신감을 잃어가던 마음을 더 깊게 파버리는 문장과 함께 예견된 실패가 일단락됐다. 졸업 작품 최종 심사에 떨어지고 나서부터 삶은 내가 생각한 대로 흘러갈 수가 없다는 걸 절실하게 깨달았다. 그 후로는 영화도 글도 됐으니 막연히 하고 싶었던 사업에 무작정 뛰어들었다. 미적 감각이 뛰어난 엄마 밑에서 자연스럽게 습득해 온 센스와 예민함으로 문구 시장에서 한몫할 수 있을 거라 판단했기 때문이다. 하지만 사업은 일 년 정도가 흐르자 열정이 마르기 시작했고, 매출은 마를 것도 없었다. 사업가의 마음으로 시장을 바라봐야 했으나 가난한 예술가로 시작한 사업가는 상품을 예술로 대하다 종말의 종을 울리며 비루한 퇴장을 고했다. 좋은 경험이었다고 애써 위로했으나 일 년 정도의 순간은 이력서에 첨부하는 포트폴리오가 조금 더 화려해질 뿐 그 이상 그 이하도 아닌 게 되었다.

사업을 미적지근하게 마무리하고 또 다른 도전을 하다가 시간이 흐르고 새해가 또다시 새롭게 밝아지는 걸 바라보며, 나는 내가 무얼 하기 위해 태어난 인간인지 의심하기 시작했다. 여기저기에 관심을 두느라 땅굴 하나 제대로 파보지 못하고 막을 내리는 짧디짧은 인간이 아니길 바랐으나 나는 내가 가장 되고 싶지 않은 인간상으로 무럭무럭 자라나 있었다. 주변 친구들은 현실에 눈을 맞춰 안정적인 직장을 얻거나 이미 몇 년의 경력을 쌓았을 때 나는 1을 더하면 또 1을 빼고 또 빼서 마이너스의 능력치를 선보였다. 나의 근황을 묻는 친척들의 질문에 부모님의 말끝이 마무리되는 일이 서서히 줄어들었고, 기대가 담겨 있던 눈동자에는 실망의 그림자가 아른거렸다. 고요한 한숨과 눈초리가 끊이지 않아 내 마음 또한 쪼그라들 대로 쪼그라들어 버렸다.

하지만 그 와중에도 내가 굴복하지 않고 몇 번이나 일어나서 또 다른 실패를 도전할 수 있었던 것은 여행이 있었기 때문일지 모른다. 나는 떠나는 일이 자연스러웠다. 전염병이 유행하기 직전까지는 교환학생으로 싱가포르에, 해외를 나가지 못하면 제주도에, 전염병의 규제가 완화되고 얼마 안 되어 베트남에 갔다. 세상과 속이 시끄러운 와중에도 나는 꾸준히 어딘가로 떠날 기회를 마주했고, 덕분에 내 슬픔의 조각들은 전 세계 어딘가에 흩뿌려져 천천히 희미해졌다. 내가 절규할 때마다 누군가 내 울음을 듣는지 어딘가에서 여행의 동아줄을 내려주고, 나는 그 줄을 꽉 붙잡아 충전하고 돌아와 또 새롭게 도전하기를 반복했다.

더 이상 어떤 대책도 뭣도 없이 그저 막연한 앞날을 마주해야 했을 때 또다시 내게 새로운 여행의 기회가 찾아왔다. 하지만 이번 여행은 이전과는 전혀 달랐다. 항상 친구나 가족들과 함께하여 그저 먹고 마시고, 어딘가를 구경하거나 바닷속으로 뛰어드는, 쾌락을 좇았던 여행과는 다르게 오로지 혼자서 떠나는 여행이었다. '혼자'가 붙자마자 이전과는 다를 것이란 걸 직감했다.

여행은 일상에서 도피하고 싶어 떠나는 것도 있지만 결국은 그 일상으로 돌아올 수 있기 때문에 즐길 수 있는 것이다. 충동적인 지출과 즉흥적인 즐거움이 잦을수록 여행 후에 찾아오는 절대적

빈곤과 공허함을 피할 수 없기 때문이다. 하지만 이번 여행은 돌아와도 학생이 아니고, 돈을 버는 사람도 아닐뿐더러, 내 인생이 어떻게 굴러갈 것이라고 장담할 자신도 없었다. '기대되는 미래'가 존재하지 않는 여행이었다. 이전에는 적어도 해보고 싶은 것이라도 있었다면, 이번에는 어떻게 하면 사회 속 20대 후반에 걸맞은 보편적인 인간이 될 수 있을지 하는 고민밖에 없었기 때문이다. 그야말로 무(無)의 상태로 떠나게 되는 것은 모든 여행을 통틀어 처음이었다. 발가벗겨진 상태로 익숙한 곳을 떠나게 될 때, 나는 도대체 어떤 여행을 마주할까? 기대보단 불확실한 감정들이 앞선 상황이었다.

그런데도 나는 떠나야 했다. 지금과는 달라지기 위해서, 나에게 좀 더 솔직해지기 위해서. 절망적인 현실과 물리적인 거리를 둔 채로 한참 남은 인생을 대비할 수 있는 요소가 더 이상 일상에선 보이지 않았다. 무엇을 얻을지, 혹은 잃을지도 모르는 미지의 세계로 떠나 새로운 나를 찾기 위해 캐리어를 꺼냈다.

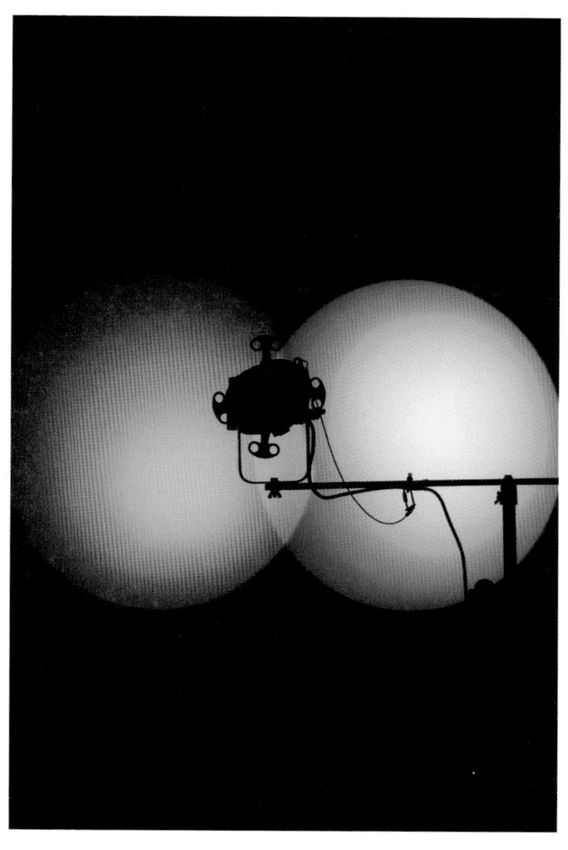

나는 떠나야 했다. 지금과는 달라지기 위해서,
나에게 좀 더 솔직해지기 위해서.

차례

• Prologue 04

Osaka

#1 취준하다 말고 떠납니다 18

#2 웰컴 우동 26

#3 재즈, 그리고 밀크티 35

#4 소원을 말해봐(Genie) 44

#5 사랑이 잡히는 사람들 51

#6 멧챠 우마이 60

#7 지속적인 여행을 위한 방법 68

#8 서점에서 만나요 75

#9 맞는 길을 찾아라 85

New york & Boston

#1 뿌린 씨앗을 거둬라 96
#2 콜라는 셀프예요 105
#3 사랑의 재료는 피자 한 조각 116
#4 혼자 먹다 둘이 먹으면 더 좋은 126
#5 뜻밖의 기회와 조용한 고민 134
#6 둘이라 좋긴 한데 144
#7 달달하고 짭짤한 치즈 152
#8 지구 속 두 가지 예술 160
#9 일상보다 먼 여행보다는 가까운 167
#10 안녕은 영원한 헤어짐이 아니겠지요 175

Sapporo

#1 엔딩 요정 186

#2 2 = 1+1 193

#3 슈퍼 모델 코리아 200

#4 라멘의 일탈 207

#5 커피를 사랑하는 여자의 선택 214

#6 셋이서 한 마음 221

#7 모두의 오도리 228

#8 상해버린 취중진담 234

#9 나무와 새가 되어 이별을 기대해요 241

• Epilogue 249

단순해진 몸과 마음은 풍성한 선물을 안긴다. 마음에 드는 물건 대신 200장의 사진이, 취향을 저격한 옷 대신 공책을 가득 채운 빽빽한 글씨가 다가왔다. 가벼움을 제일 중요하게 여긴 오사카 여행은 가장 나다운 여행이었다. 무엇이든 받아들일 준비가 되어 있는 여행객으로 지구를 돌아다니고 싶다.

Osaka #1~9

Osaka
#1 •

취준하다 말고 떠납니다

2022년의 12월과 2023년의 1월 사이에는 많은 것이 끝나고 시작했다. 2022년은 번역가의 길을 걸어보고자 시도했던 해였다. 처음 다루는 프로그램이 익숙해지고, 뜻을 모르는 단어들을 계속해서 마주했다. 새로운 것을 알아갈 수 있어 짧게 느껴진 일 년이었다.

번역 공부를 하면서 사귄 사람들도 많았다. 인터넷상에서 같은 결의 땀을 흘리며 비슷한 길을 묵묵히 걸었다. 밋밋한 텍스트로만 느껴지던 그들을 마주한 건 해의 마지막 달이었는데, 처음 보는 사람들 사이에서 전쟁터를 함께한 전우의 애정이 묻어 나왔다.

우리의 대화 속에는 공감이 담겨 있고, 여러 번 어루만진 꿈이 반짝거렸다. 1년 365일 중 몇 시간만 보낸 이들과의 하루는 1년이 지난 지금까지도 비척거릴 때마다 부드럽게 나를 쓰다듬는 날이 될 정도로 소중해졌다.

하지만 12월의 한 달 동안, 11개월 가까이 붙잡았던 공부와 무색해질 정도로 빠르게 거리를 두기 시작했다. 세워둔 계획에 속도를 맞추는 것이 실패하자 열정은 풍선 바람처럼 순식간에 사라졌다. 한평생 잡히지 않고 있는 미래를 좇는 내가 지나치게 미웠다. 신데렐라의 구두를 신기 위해 억지로 발을 맞추던 언니들을 이해할 정도로 말이다. 눈앞에 성공이 있다면 나도 사지를 움츠려서라도 꿰맞추고 싶었다. 대학 동기들과 또래 친구들이 어루만지는 액수를 어림잡으며 안정적인 삶 속에 드러누운 자신을 상상해 보니 적어도 지금보다는 나은 삶일 거로 생각해 취업 사이트를 열정적으로 뒤지기 시작했다. 공부가 아닌 포트폴리오와 자기소개서를 만들러 카페로 나섰다.

사실 회사 생활이 궁금하기도 했다. 도대체 회사가 뭐길래 우리 부모님은 회사에 들어간 나를 꿈꾸는지, 아빠는 어떻게 한 회사에서 30년 넘는 세월을 보내는지 의아했다. 남들과 똑같은 시간에 출근한 후 다 같이 퇴근하고, 커다란 모니터를 바라보는 시간

MONEY
EXCHANG
French
OAST

이 매력적인 부분도 있으니 대다수가 직장인이 된 거라 짐작했다.

이것저것 시도했던 이력이 많은 내가 궁금했던지 몇 개의 회사는 나를 만나보고 싶어 했다. 그리고 그들을 통해 내가 이 시장에 얼마나 문외한 사람인지 사무치게 배웠다. 면접에서 자기소개를 시킬 거란 생각도 못 했으니 말이다. 다행히 수많은 돌발상황으로 발달한 대처 능력이 몇 번의 고비를 틀어막았다. 죽은 이력이라 생각했던 것들이 이상하게 빛을 발했고, 나도 모르게 뻔뻔한 입술을 몇 번이고 빼끔거렸다.

나를 기다렸다는 듯이 환대하는 회사도 있었고, 고개를 젓는 회사도 있었다. 하지만 이렇다 저렇다 해도 어디에 들어갈 마음이 쉽게 생기지 않았다. 점점 자신감이 붙으니 더 괜찮은 곳, 더 마음에 드는 곳으로 가고자 하는 욕심이 자라났다. 운동화나 나막신이 아닌, 유리 구두를 원하는 욕심쟁이가 되어 갔다. 그렇게 여러 번의 면접 속에서 시간을 보낸 1월의 저녁에, 부모님이 말을 꺼냈다.

"어디든 다녀와."

말이 끝나자마자 나는 마법에 홀린 듯 바로 비행기표를 찾기 시작했다. 나는 떠나는 것만큼은 두려움을 모르는 사람이니까. 어릴 때부터 샌디에이고 버스 기사님께 인사를 떠밀던 엄마의 하드 트레이닝 덕분인 듯싶다. 친구들과 내일로를 떠나고, 아르바이트 돈을 탈탈 털어 해외여행을 가곤 했다. 누군가는 내게 여행 유튜버냐고 물을 정도로 나는 비행기표 예매 사이트를 수시로 들락날락했다. 여행에 돈을 쓰는 건 가장 값진 소비처럼 느껴졌다. 인간이 만들어 낸 커다란 철새를 타고 낯선 이들이 가득한 땅을 밟는 일은 피아노 건반 위를 뛰어다니는 것처럼 경쾌했다. 하고 싶은 일, 해오던 일이 금방 지겨워지더라도 여행은 그럴 틈이 없었다. 그러니 나를 가장 오래 봐온 둘은 내게 거부할 수 없는 제안을 건넨 것이다. 혈중 여행 농도가 떨어진 걸 짐작한 어른들이었다.

> 어떤 나무들은 바다를, 바다의 소금기를 그리워하며 바다 쪽으로, 그 바다가 아무리 멀리 있어도, 바다 쪽으로 구부러져 자라난다고 한다.*

출발 6일 전 무작정 잡은 티켓은 30년 가까운 인생에서 처음으로 혼자 떠나는 해외여행이었다. 공항으로 출발하기 3일 전에 숙소를 마무리하고, 급하게 정보를 모으며 지도 앱에 가보고 싶은 가게들을 저장하는 모든 순간의 감촉이 어색했다. 몇 달 전부터 함께 떠나는 이들과 모든 걸 공유했던 순간들은 접착력이 사라진 스티커처럼 힘을 잃었다. 80%의 계획으로 일상을 살아왔지만,

* 최승자, 『어떤 나무들은 – 아이오와 일기』(난다 2021), 51쪽

120%의 잠재력을 가진 20%로 9박 10일의 일정을 만들어 냈다. 충동이 가슴을 힘껏 내밀었다.

당장 코앞으로 들이닥친 비행 일정을 마주한 채 약속이 된 마지막 면접을 봤다. 면접을 보며 '제가 내일 여행을 떠나서…'로 말을 띄우며 출근 일정을 물어보는 상황이 우스웠다. 끄덕이는 고개들과 함께 형식적이고 사적인 대화들이 몇 번 오갔다.

"꿈이 뭐예요?"

"저는… 돌아다니면서 글을 쓰고 싶습니다."

회사로 들어가겠다는 사람이 무슨 포부인지 모르지만, 이 문장 말고는 떠오르는 꿈이 없었다.(다행히 직무와 꿈을 묶어 어색한 상황을 모면할 수 있었다.) 무의식에서 튀어나온 문장은 확언이 되어 꿈의 버릇으로 자리 잡기 시작했다. 안정적으로 돈을 벌고, 남들과 비슷한 루틴을 살기 위해 뛰어든 시장 속에서도 결국 내 마음속 방향은 콘크리트 건물이 아닌 미지의 땅이었다. 그럼에도 나는 고개를 젓고 꿈을 부정했다. 그때의 내겐 평범함이 가장 간절했다.

"여행 잘 다녀오세요."

면접관의 다정한 인사로 면접은 마무리됐다. 어쩌면 다시는 보지 않을 사람들에게 인사를 받은 후, 나는 이제껏 싸본 캐리어 중 가장 적은 짐을 준비했다. 한겨울의 여행이라고 하기엔 터무니없이 가벼운 캐리어가 덜렁거렸다.

“뭘 입고 다니려고 그래.”

“빨아 입을 거예요.”

낯선 이들의 시선이 모두 일회적이라는 여행의 특권을 제대로 누릴 포부였다. 이번 여행은 철저히 편하고 멋대로 다닐 심산이다. 내가 준비한 일정은 쓰기와 걷기뿐. 아무 데나 부딪치고 넘어져도 되는 옷으로만 캐리어의 여백을 메꿨다. 그렇게, 어디든 속하려고 노력한 한 달을 뒤로 한 채, 아무도 잡아주지 않는 9박 10일의 한 겨울 오사카를 향해 떠났다.

Osaka
#2•

웰컴 우동

처음으로 인천발이 아닌 김포발로 해외를 가는 날이었다. 환영식이라도 치르는 듯 출국 수속에 문제가 생기고, 생각지 못했던 물건들을 처분해야 했다. 순식간에 크고 작은 일들이 쏟아진 구슬이 되어 빠르게 흩어졌고, 늘어진 마음을 추스르기 위해 기내의 2시간을 온전히 헤드셋에 의지했다. 나라에서 나라 사이를 비상하는 소리가 순식간에 잊히고, 외국어와 외국인이 넘치는 낯선 공항에 도착했다. 5년 만에 당도한 오사카는 처음 인사를 나눈 사이처럼 어색했다.

교토로 향하는 하루카 기차를 찾느라 모든 감상을 짧게 마무리 지어야 했다. 여행의 신호탄을 화려하게 울리기 위해 끝장나게 맛있는 우동을 준비했기 때문이다. 무작정 떠난 여행이라고 하지만 이미 지도 앱 속 오사카는 침을 잔뜩 맞은 등처럼 100개가 넘는 핀으로 촘촘하게 채워져 있었다. 머리 한구석에 준비해 둔 에어백이었다. 위급상황에 부풀어 오르며 날 감싸줄 선택지가 필요했다.

한국에서 몇 번이고 맛있는 우동집을 찾고 싶었지만, 쉬운 일이 아니었다. 혀끝이 둔한 건지, 모두 다 약속이라도 한 건지 집에서 만들어 먹는 우동이나 가게에서 먹는 우동이 크게 다르게 느껴지지 않았다. 가다랑어포를 우린 국물과 미끄덩거리는 면발에 목이 막히는 경우가 흔했다. 일본에서 라멘은 몇 번이고 먹어봤으나, 우동은 제대로 먹어본 적이 없는 것 같아 이번 여행에서는 유명한 우동을 먹어보고 싶었다. 친절한 한국인들은 이미 블로그에 어떻게 유명한 우동집을 예약할 수 있는지 공유하고 있었다. 국경을 막론하고 맛집을 위해서라면 대동단결하는 혀끝의 진심이 진하게 우러났다. 예약을 마치고 보니 생각보다 시간이 타이트해 만남을 성사하기 위해선 교토 도착, 체크인, 우동집 3박자가 막힘없이 이루어져야 했다.

점점 교토에 가까워질수록 무채색인 건물들의 밀도가 높아졌다. 반다이크 브라운 컬러로 과감하게 밑 색을 붓칠하고, 회색 계열의 색연필로 사각형을 빡빡하게 그려놓은 듯 균일한 이미지가 펼쳐졌다. 결코 밝은 도시는 아니지만 노란 불빛에서 느끼는 안락함과 비슷한 감정을 느껴 자꾸만 떠오르는 교토에 도착했다.

역에서 숙소까지는 걸어서 30분, 숙소에서 우동집까지는 걸어서 40분이었다. 예약한 시간은 1시간 20분이 남았다. 고민 없이 무조건 걷는 걸 선택했다. 낯선 교통편에 관한 공포심을 끌어안은 채 20년 넘게 살다 보니 이렇게 타이트한 시간에서는 오히려 교통편 찾는 걸 포기하고 '무작정 빨리 걷기'를 선택한다. 누군가는 혀를 쯧쯧 찰 일이지만 다행히 아무도 나를 뭐라 할 사람이 없었다. 막무가내인 요소들이 모두 허용된다. 여러 번의 여행을 오가면서 닳고 닳은 진분홍색의 캐리어와 등에 딱 달라붙는 러닝용 백팩을 멘 채로 빠르게 숙소로 향했다. 콘크리트 바닥과 캐리어의 부딪힘은 고요한 동네를 시끄럽게 울리며 관광객임을 자랑했다. 하지만 캐리어를 조용히 손에 쥐고 걸어가기엔 30분이란 시간은 너무나 길었다.

숙소는 교토의 중심지인 '가와라마치'역 인근이었다. 호텔 일층 바닥에 귀를 붙인 채 눈을 감으면 지하철 소리가 들릴 법했다. 역을 중심으로 다닥다닥 붙어 있는 상가 건물들 속에서 간신히 호텔을 찾아 들어가면 바로 카운터가 보이지 않고 일단 에스컬레

Zoo Buffet

이터를 타고 지하로 내려가야 했다.

"짐을 맡겨도 될까요?"

넓은 공간에 홀로 서 있던 직원에게 물어본 질문은 딱 하나. 그 이상의 질문은 나중에. 헐고 헌 캐리어를 그녀에게 맡긴 후, 나는 우동집의 경로를 신속하게 확인했다. 다행히 단순한 직선의 코스가 쭉 이어졌고, 이제부터는 템포를 조절하는 것이 관건이었다. 빨리 걸을 수 있는 곳은 빨리 걷고, 숨을 돌릴 수 있는 곳에선 숨을 돌리며 적당히 조급한 속도를 유지해야 했다. 기차를 타기 전 사 먹은 계란 샌드위치가 없었다면 주린 배를 움켜쥐며 조금은 더딘 속력으로 달렸을지 모른다.

캐리어가 사라져 약 7kg 정도 가벼워지자, 우동집과 700m는 가까워진 듯했다. 추위로 얼굴을 붉게 만드는 계절임을 잊을 만큼 가쁜 숨을 몰아쉬며 열이 온몸을 뒤덮었다. 동동거리는 발걸음을 반복하면서도, 결국 여행의 설렘이 겹쳐버려 멈추고 싶은 곳에서 주저 없이 카메라를 들었다. 귀엽고 매력 있는 것들이 순식간에 저장된 이미지로 내 곁에 쌓이기 시작했다. 몸과 도구가 빠르게 여행 버전으로 맞춰졌다.

숨을 헐떡거리며 도착한 우동집은 이미 자리를 채운 사람들과 줄을 기다리는 사람들로 북적였다. 메뉴판을 건네는 직원에게 조심스럽게 다가가 말을 걸었다.

“저 예약했는데요.”

“몇 시 예약인가요?”

“한 시 반이요.”

빠르게 나의 이름을 확인하고 기다리라는 안내를 받았다. 쿵쾅거리는 심장을 달래기 위해 메뉴판을 둘러봤다. 그래봤자 이미 정한 메뉴가 있었지만 말이다. 붓가케 우동(차가운 국물을 자작하게 먹는 우동)과 야채 튀김, 그리고 닭가슴살 튀김을 주문했다. 남들은 두 개의 튀김 중 하나를 고르는 듯했지만, 나에게 하나만 선택할 절제는 없었다. 누군가의 눈치를 보며 음식량을 조절할 필요가 없으니까. 이날을 위해 바지와 허리 사이에 주먹이 들어갈 정도의 여유를 만들어 놨다.

우동집은 한 칸씩 흰 천막으로 가려지고 어두워 옆 사람 눈치를 보며 먹을 필요가 없었다. 짐을 뒤에 내려놓고, 바쁘게 움직이는 직원들을 따라 시선을 움직이며 우동을 기다렸다.

평소 먹는 우동보다 훨씬 두꺼운 면이 담긴 그릇이 튀김과 함께 내 앞에 놓였다. 노란색 집게가 있어 우동면을 쯔유에 찍어 먹는 방식이었다.(나중엔 귀찮아서 젓가락으로 찍어 먹었다.) 튀김과 우동면이 주된 모습이다 보니 전체적으로 알록달록한 색감보다는 수수한 베이지 톤의 한 상이었다. 그래도 촉촉이 윤이 나는 면발과 기름기가 흐르는 튀김 껍질의 모습은 압도적이었다.

집게로 면발 하나를 집었을 때도 면 한 가닥을 집은 게 맞나 몇 번이고 다시 확인해야 했다. 체감상 젓가락으로 면발을 크게 움켜쥔 듯한 묵직함이었다. 그리고 무게를 증명하듯 입안에서는 두꺼운 식감이 나뒹굴었다. 쫀득쫀득으로는 부족한 쫜득쫜득한 소리가 반복해서 맴돌았다. 껌을 길게 늘이고 부드러움을 첨가하면 이런 느낌일까? 셀 수 있을 정도로 적은 수의 가닥을 이해했다. 기존 우동 면발만큼 씹어서는 절대로 소화할 수 없는 탄성이었다. 몇 번이고 면발이 목구멍으로 빠르게 흘러가지 않도록 꽉 잡아둔 채 저작 활동을 반복했다.

일본에서는 면을 소리 내 먹는 것이 예의라고 들었으나 음식을 조용히 먹으라는 한국식 예절과 부딪히면서 애매모호한 소리가

흰 천 사이를 뚫고 직원들의 귀로 쏙 들어갔다. 소심한 외국인의 퍼포먼스를 누군가는 알아차리기를 바랐다.

“튀김 남기셔도 괜찮아요. 포장해 드릴게요.”

손님들의 자리를 살피던 직원이 말을 걸었다. 처음부터 끝까지 못 알아듣는 단어뿐이었으나 어조와 눈짓으로 뜻을 이해했다. 하지만 나는 직원의 친절에 보답하는 마음으로… 모든 접시를 깔끔하게 비웠다.

“다 드셨네요.”

예쁘게 잘린 손톱처럼 휜 눈꼬리와 다정한 목소리가 완벽한 식사의 마지막이 되었다. 텅 빈 그릇에는 만족과 여유가 채워졌다. <심야식당>이나 <와카코와 술>에서 흡족한 시간을 가진 후 나오는 손님들을 떠올리면서 나른해진 몸을 이끌고 노렌 사이를 들춰 나왔다. 살면서 마주한 가장 두꺼운 우동이었고, 가장 만족스러운 우동이었다.

Osaka
#3•

재즈, 그리고 밀크티

일본의 거리를 걸을 때마다 머릿속에 희미하게 남아 있는 히라가나와 가타카나에 의지해 간판을 띄엄띄엄 읽어보곤 했다. 가장 흔하게 읽히는 단어는 가라오케. 사람들이 모여드는 곳에는 커다란 네온사인과 흥을 위한 요소를 많이 만들기 마련이다. 도시의 소란으로는 개개인의 리듬을 모두 해소할 수 없을 테니까.

지도 앱에서는 '붐비는 지역'이라 표시된 장소들이 존재했다. 궁금함만을 좇아 그곳에 도착하면 붐빌 확률이 '높을' 장소가 대부분이었다. 학교나 병원 같은, 사람이 공동체를 만들어 함께 살고

자 하면 꼭 있어야 하는 곳들이다. 여러 명이 모여 인산인해를 이루는 모습을 상상했지만, 한적한 거리와 건물들 사이로 찬바람만 쏘다녔다. 이곳을 향해 도착한 이가 나뿐이라 다행이었다. 동행이 있었다면 시시함에 눈썹 사이가 좁아졌을지도 모른다.

"잠깐만, 이것만 찍고 갈게."

"여기 한번 들어가 보고 싶어."

가끔은 장소에 홀려 상대방을 망각한 채 나의 시간에 집중해 버리기도 했던 지난 여행들이 떠올랐다. 여행은 대개 다정한 관계 속에서 출발해 부정적인 답변이 돌아오는 경우가 거의 없지만, 특정한 누군가에게 비슷한 결의 부탁을 지속해서 쌓는 건 부담스러운 일이다. 들어가고 싶은 곳을 엄선해 묻기 때문에 모든 곳을 들르기는 어렵다. 하지만 이번 여행의 선장은 오롯이 나 혼자다. 왼쪽으로, 왔던 길로, 심지어 뒤로 걸어도 나를 나무랄 사람이 없다.

내 머리와 눈보다 발이 원하는 대로 서성이다 푸른색 간판을 발견했다. 상호 앞에는 '재즈 스팟'이라는 설명이 붙어 있었다. 재즈 카페, 재즈 바는 봤어도 재즈 스팟은 무엇이란 말인가.

몇 년 전부터 재즈와 관련된 공간에 로망을 품고 있었다. 아마 영화 <라라랜드> 때문일 것이다. 셉의 피아노에 맞춰 빠른 스텝을 밟는 미아의 순간이 어느 파티 부럽지 않은 열정과 애정을 뿜어내는 영화다. 셉의 피아노 선율에 맞춰 악기를 힘 있게 끌어안는 사람들을 보며 재즈란 참 땀방울이 어울리는 음악이다 싶었다. 그 후로 재즈바에 찾아가 악기가 꽉 찬 소리와 술잔을 부딪치는 소리, 모르는 사람들과 음표 사이를 부대끼는 밤을 꿈꿨다. 밤에 자주 나가는 편이 아니라 낮에 음악을 듣는 것으로 대신하는 날이 잦았지만. 콜 포터의 흥얼거림을 따라 부르고, 빌리 홀리데이의 음악을 가을과 겨울 사이에 꼭 찾는다.

간판만 따라 들어간 골목길에는 쉽게 재즈 스팟을 찾을 수 있었다. 파란색의 양산을 쓴 듯한 가게 입구가 눈에 띄었다. 어둑어둑한 실내가 유리문 너머로 뚜렷함을 피해 숨어 있었다. 망설임은 짧게, 충동은 강렬하게. 속으로 구호를 외치며 힘차게 무게감 있는 문을 열어젖혔다.

재즈 스팟은 재즈 바와 카페를 겸하는 공간이었다. 테이블에는 대학생쯤 보이는 커플 한 쌍과 책을 읽는 할아버지, 바에는 할머니 한 분이 앉아 직원과 이야기를 나누고 있었다. 재즈 LP판이 빽빽하게 꽂힌 선반과 굳게 닫힌 피아노가 각자의 구석을 차지했다. 무르익은 밤에 누군가 피아노 뚜껑을 들춰 재즈의 리듬을 맞추는 걸까? 셉과 콜 포터가 동시에 떠올랐다. 바에 서 있는 직원 뒤로는 수많은 술병이 한 면을 차지하며 어두운 공간에서 빛을

튕겼다.

여러 명의 사람 속에서도 카페는 은은한 재즈 음악만 흘렀다. 왁자지껄한 목소리와 음악이 뒤섞이지 않고, 개인의 호흡으로 채워졌다. 가끔 카페에 가면 지나치게 bpm이 높은 음악으로 찻잔 대신 마이크를 쥐고 싶은 충동이 일렁일 때가 있는데, 이곳의 재즈는 각자의 할 일에 최선을 다하도록 등을 쓰다듬어 주는 격려에 가까웠다.

자리에 앉아 직원이 가져오는 메뉴판을 보니 재즈 스팟이 맞나 보다. 피아노 모양의 메뉴판을 펼치면 메뉴들이 음표처럼 조용히 웅얼거렸다. 밝고 쨍한 캘리포니아 해변의 태양보단, 벽의 끝을 비추는 공간 속 조명과 유리잔이 어울리는 재즈 스팟이었다.

"홍차 하나 주세요."

"우유랑 같이 드릴까요?"

평소 홍차를 마시면 우유를 함께하는 편은 아니었다. 차 맛이 아무리 강해도 흥건한 물이었고, 물속에 우유를 넣는 건 액체를 뿌옇게 희석하는 것 같아 본능적으로 거부감이 들었기 때문이다. 하지만 여행이니까, 조금은 특별한 시도를 도전했다. 제대로 마시지 못해도 여행이라 핑계 대며 그럴싸하게 포장할 생각이었다.

적당히 우려진 차와 설탕, 그리고 우유가 함께 나왔다. 티백을

꽂지 않은 채로 나오는 찻잔에서 직원의 섬세함이 숨어 있었다. 적갈색의 차가 어둠과 나무 테이블에 어우러지면서 더욱더 진해졌고, 카페 안에 전체적으로 얇은 붉은색의 망토를 씌운 듯 일관된 차분함이 깔렸다.

차를 한 모금 들이켜자, 깔끔한 홍차가 입안을 산뜻하게 휘저었다. 차 브랜드를 묻고 싶은 충동이 생기나 용기가 질문까지 도달하지 못해 한 잔에 최선을 다하기로 다짐했다. 깔끔한 맛을 즐기다 작은 주전자에 담긴 우유를 붓자, 순식간에 홍차는 밝은 베이지색의 음료로 변했다. 조명과 재즈가 만들어 내는 진득한 여유와 비슷했다. 과거의 경험에서 자라난 거부감을 최대한 덜어내며 뽀얀 홍차를 한 모금 넘겼다.

누군가와 함께 오지 않아 다행이라 생각하며 감탄을 빠르게 끊어냈다. 나의 표정과 언어를 이해하는 사람이라면, 그 사람을 앞에 두고 밀크티를 향한 찬사를 참기란 매우 어려운 일이었을 것이다. 보통 설탕 없이 홍차에 우유를 넣게 되면 굉장히 밋밋하고 어색하다. 가끔은 붓을 여러 번 헹군 뿌연 물을 찻잔에 길어 마시는 기분일 정도로 곤욕스러울 때도 있다. 하지만 이 밀크티는 설탕의 작은 결정 하나 들어가지 않았는데 매끄러운 비단처럼 목을 감쌌다. 둘의 맛을 잇기 위해 억지로 설탕의 다리를 수놓은 적이 여러 번인데도 단맛 없는 홍차는 모든 것이 완벽했다. 둘 사이는 긴밀하고 끈끈했다.

밀크티와 조명, 재즈의 순간을 모아 천천히 문장을 써 내려갔다. 책을 넘기는 할아버지 손님의 뒷모습도 함께 담으면서. 누군가는 완성된 글을 읽고, 누군가는 완성을 향한 문장을 적었다. 각자의 시간으로 나뉜 구역들이 섬세하게 뚜렷했다. 흰 표면을 드러내는 찻잔과 엎어진 책, 소곤거림이 시간과 함께 묶여 잔잔하게 들이치는 파도가 되어, 몇 번이고 크고 작은 근심들과 부딪치고 감싸안기를 반복했다. 공간에 도취하여 감각이 느슨해졌을 때, 목적을 달성한 우유 주전자로 불쑥 손이 나타났다. 바에 앉은 할머니 손님이 아무렇지 않게 내 자리로 걸어와 주전자를 가져가 직원에게 내밀었다. 하지만 당황스러움은 잠깐, 이내 떨어질 때 떨어진 나뭇잎을 구경하듯 당연한 시선으로 빠르게 상황을 끝냈다. 새로운 필요가 시작된 주전자를 다시 찾을 이유는 없었다. 다음 곡으로 넘어가는 재즈 피아니스트의 기교 같았달까. 우리는 각자의 재즈로 묶여 아름답게 포장되고 있었다.

Osaka
#4

소원을 말해봐(Genie)

새로운 해가 시작할 때마다 나는 제야의 종소리를 붙잡고 소원을 빌었다. 매해 비는 소원이 바뀌다 보니 누군가 듣는다면 어떤 소원을 이뤄줘야 할지 골머리를 앓았을 것이다. 좋아하는 연예인과 만나게 해달라, 돈을 많이 벌게 해달라, 성적이 좋게 나오게 해달라… 가끔은 특정 소원이 수리되기 전에 손사래를 치며 말려야 하는 경우도 있다. 나중에 이뤄지기라도 하면 큰일이다. 더 이상 보고 싶지 않은 얼굴을 또 봐야 하는 난감한 경우가 생길 수 있으니 생각난 김에 한 번 더 빌어본다. 그 소원은 취소하겠습니다.

2023년 처음으로 나는 제야의 종소리를 듣지 않고 이불을 덮었다. 취침 시간이 많이 변동되기도 했지만, 더 이상 잊어버리는 소원을 빌기 위해 자정까지 기다리고 싶지 않았다. 간절한 소원을 언제 어디서나 잊어버리지 않는 묵직한 사람이 되리라 마음먹었다. 종소리를 듣지 않은 해의 첫날은 전혀 다른 시작처럼 느껴지지 않는 평범하고 상쾌한 새벽이었다.

종소리 대신 특별 기념식을 진행했다. 바로 달리기였다. 목표를 향해 걷는 길이 지나치게 가파를 때마다 나는 달리기로 마음을 달래며 정진했는데 올해도 포기하고 싶을 때마다 1월 1일의 달리기를 잊지 말자는 마음으로 생애 처음 16km를 쉬지 않고 달렸다. 어두웠던 하늘이 점차 밝아지고, 달리기를 멈췄을 때는 주변이 쨍쨍했다. 땀 범벅이 된 패딩 조끼와 후드 집업은 다짐을 향한 제물이었다. 뚜렷한 목표가 없었음에도 그저 최선을 다하는 순간이 필요했다. 의지를 꿰매 계속 선명한 자아를 심고 싶었다.

교토의 마지막 날을 향해가면서 돌고 돌아 이전에도 들렀던 곳을 향했다. 관광객들이 가장 많이 들리고 가장 북적거리는 곳인 기온 거리를 지나서 겨울의 기요미즈데라는 어떨까. 흐릿해진 지난 기억을 꺼내보지만, 샛노란 가방을 멘 날 쳐다보던 외국인의 얼굴밖에 떠오르지 않았다. 곳곳에는 한국어가 들리고, 영어가 들리고, 일본어의 존재감은 미약했다. 관광지다움이 넘치는 곳을 천천히 둘러보며 커다란 기요미즈데라로 향했다.

도착하니 훨씬 더 높은 밀도로 군데군데 사람들이 가득했다. 너도나도 그럴싸하게 차려입어 서로의 사진을 찍어주느라 바빴다. 다른 도시에서 넘어온 일본인 학생들도 많았는데 옷을 맞춰 입고 추억을 만들기 위해 다 같이 엉거주춤 핸드폰 카메라 앵글 안으로 들어가는 모습이 사랑스러웠다. 항상 붙어 다니던 여행 친구들이 떠올랐다.

"포토? 포토?"

오지랖이 가득 담긴 말이 툭 튀어나옴과 동시에 학생들을 향해 손짓하자 그들은 기꺼이 핸드폰을 넘겼다. 어느 곳, 어느 나라, 어느 사람이든 특별한 곳에서 사진 찍히는 일을 꺼리는 사람은 드물기 때문이다.

"쓰리, 투, 원."

"원 모어. 쓰리, 투, 원."

생전 처음 보는 사람 앞에서 어색한 미소를 띠려 노력하는 그들의 모습이 카메라에 담겼다. 적어도 SNS 프로필 사진이나 피드에 한번 올려볼까 고려할 만한 결과물을 남겨준 채로 휘리릭 떠났다. 위기를 간단히 해결하고 떠나는 히어로처럼. 그들에게 내

사진을 요구하지는 않는다. 그들의 실력을 믿지 않는 것이 아니라, 카메라 뒤를 선호하는 편이다.(맞다. 부끄러워서다.)

사실 이번만큼은 사심으로 사진을 찍어줬다. 소원을 빌기 위해서였다. 소원에 왈가왈부하는 인간이 되지 말자는 다짐은 기요미즈데라에 도착하자마자 자취를 감췄다. 너도나도 양 손바닥을 맞닿은 채 비는 모습을 보니 나도 덩달아 모두의 기도에 실려 어딘가로 간절한 마음을 보내고 싶었다. 나무 칸막이 사이로 동전을 넣은 채 두 눈을 꼭 감았다. 나도 잘되고, 쟤도 잘 되게 해주세요. 근데 제가 좀 더 잘 되게 해주세요. 살짝 발칙한 솔직함을 더해서. 매초 쏟아지는 소원 사이에서 눈에 띄려면 그 정도 솔직함은 필요하다. 그리고 사진까지 찍어줬으니 다른 소원보다는 조금 더 부스터가 붙어 빨리 올라가기를 기대해 본다. 친절에 의도가 섞이면 탁해지지만, 선한 결과는 과정이 조금은 모나도 괜찮지 않을까 싶어 머리를 굴렸다.

한껏 보이지 않는 힘에 기대어 소원을 빌어보니, 오미쿠지(길흉을 점치기 위해 뽑는 제비) 앞에도 행운을 찾는 사람들이 모여 있었다. 수많은 관광객으로 인해 일본어뿐 아니라 영어나 한글까지도 가능한 글로벌한 오미쿠지였다. 해외에서 한국말로 운을 뽑자니 비약한 느낌이 들지만 그래도 모르는 언어가 가득해서 끙끙댈 바에야

항상 좋은 말을 보면서 되새기자는 생각으로 동전을 넣고 돌렸다.

데구루루 탁. 손에 쥐어진 운세의 결과는 대길(大吉)이었다. 부연 설명으로는 일신향천비. 오직 한 길로 한 우물을 파게 되면 그 뜻은 하늘에 도달하여 입신양명하게 된다는 뜻이었다. 마음에 쏙 드는 제비를 받으니 순간 코끝에 구름이 닿는 기분이 들었다. 착한 일 했지, 소원 빌었지, 좋은 운세 뽑았지. 행운의 3콤보로 괜찮은 한 해가 되지 않을까 기대했다. 3개를 똘똘 뭉쳐 원하는 바가 이뤄지기를. 제비를 곱게 접어 핸드폰 뒷면에 넣었다. 케이스 사이에 낀 제비로 한 해가 잘 풀릴 거라는 믿음을 단단히 고정했다.

작아진 지붕 아래로 더 작은 사람들이 촘촘히 움직이는 기요미즈데라를 멀찌감치 바라봤다. 나와 비슷한 사람들이 한 발짝 물러선 채로 작아진 건물을 각자의 물건으로 담아냈다. 그러다 투덜거리는 익숙한 언어가 들렸다.

"사진 찍자니까."

"둘이 찍기 힘들잖아. 혼자서는 안 찍어."

"제가 찍어드릴까요?"

불쑥 튀어나온 한국어에 눈을 동그랗게 뜬 두 어른이 나를 바라봤다. 가족을 떠올리게 하는 익숙한 연배의 어른들이었다. 삐죽거리던 목소리들이 빠르게 부드러워지면서 괜찮다고 고개를 저었다. 오지랖을 부린 한국인을 화제 삼아 좀 더 달라붙는 여행이 되길 바라는 마음이 조금은 닿았기를. 누군가 그들에게 여행에 관해 물었을 때, 그런 일이 있었다며 추억과 가까워진 표정을 상상했다. 남몰래 빌었던 소원도 떠올리면서.

Osaka
#5

사랑이 잡히는 사람들

싱가포르는 교환학생으로 가보기 전까지 생각해 본 적 없는 나라였다. 우연히 학교 선배의 추천으로 준비하게 됐고, 덜컥 교환학생이 되어 생애 처음 해외살이를 한 곳이었다.

1월의 싱가포르는 덥고 습했다. 수업을 들으러 기숙사를 나설 때마다 확인한 화면에는 항상 34도에서 크게 벗어나지 않는 숫자가 적혀 있었다. 한결같은 날씨다 보니 학교 안에서도 다양한 동물이 살았다. 학교 뒤편에는 멧돼지가 살고 있대, 아르마딜로를 봤어, 진짜 큰 도마뱀이 있더라… 아주 작은 것에도 잘 놀라는 편이라 싱가포르에 있는 동안은 3일에 걸러 한 번씩 동물 때문에 놀라곤 했다.

외국인 친구를 사귀고자 하는 마음은 하루 만에 10개국 가까이 되는 친구를 쏘아 올렸다. 옆자리에 앉았던 프랑스 친구가 자신의 룸메이트, 같은 학교 친구를 소개해 주면서부터 미국, 네덜란드, 덴마크, 아일랜드, 스페인 등 온갖 사람들이 모였다. 말을 섞는 순간 친구가 되고, 함께하는 것에 의미를 두는 사람들이었다.

가볍게 다정해지는 법을 배웠지만, 모두가 따뜻한 것은 아니었다. 오래전 딱딱하게 굳어버린 시선으로 날 바라볼 때마다 쉽게 무너져 내렸다. 아시아 나라에서 유럽인에게 당하는 인종차별이 기이했다. 갇힌 세계에 사는 사람들은 장소가 중요하지 않다는 것을 깨닫고 천천히 그들과 멀어지면서 자연스럽게 한국에서 온 사람들을 만나는 시간이 늘어났다.

싱가포르에서 유명하다는 티옹바루를 가기 위해 몇 명의 한국 친구들이 모였다. 그 친구들은 한 학기 동안 누군가의 기숙사에서, 유니버셜 스튜디오에서, 교내의 칵테일 바나 한식집에서 모였고, 나는 거기서 B를 만났다.

B는 따뜻하고 산뜻한 아이였다. 한 살 어린 친구였으나 사실 싱가포르에 있는 동안 내가 가장 의지한 사람이다. 전 세계에 전

염병이 퍼지면서 B가 먼저 한국에 돌아간다고 밝혔을 때, 철부지 단짝처럼 모든 게 뒤틀리는 기분이었다. 그 당시 나는 전염병이 무서운 것보다 습관처럼 만나던 B가 사라진다는 사실이 더 두려웠다. B가 없는 싱가포르는 더 이상 매력적이지 않았고, 나도 쫓기듯이 한국에 들어왔다.

그 후로 우리는 만날 일이 없었고, 연락도 끊겼다. 하지만 나는

B가 보고 싶던 날에 무턱대고 그녀에게 메시지 하나를 보내 우리는 그때와 조금 달라진 모습으로 마주했다. 서로의 전공과는 다르게 나아가고 있던 게 우리의 유일한 공통점이었다. 하지만 시간이 많이 흘렀다고 해서 우리가 과거에 함께 웃던 기억까지 잊은 것은 아니기에 어색함은 금방 사그라들었다. B는 굉장히 현실적인 방안으로 미래를 준비하고 있었다. 여전히 구름 위에 둥실둥실

떠 있는 내게 자신의 미래 이야기와 나를 위한 조언을 남기는 그녀가 새로웠다. 내 옆에 이런 사람이 있었구나. 더 단단한 어른이 된 B는 몇 년 새 더 대단한 친구가 되어 있었다.

가고 싶었던 전시를 함께 본 후, 우리는 그 당시 각자가 품은 꿈을 응원하며 다음 해를 기약했다. 1년 후 비슷한 계절에 달라진 모습으로 만나기로. 하지만 나는 그 꿈을 포기한 채로 홀연히 일본으로 도망쳤다. 도피를 직시하며 앞으로의 삶을 떠올리다 보면 자연스레 B가 생각났다. 배신자가 된 채로 재회의 약속을 꺼내지 못하고 있었다.

두꺼운 이불 너머 차가운 핸드폰으로 시간을 확인하던 교토의 아침, B의 온기가 담긴 연락을 확인했다. 약속한 꿈과 다른 길을 걷기로 마음먹어서 더 바빠지는 바람에 만나기가 힘들다는 연락이었다. 하지만 공부하는 동안 나와의 약속 덕에 힘낼 수 있다는 내용이 덧붙었다. 똑딱이 손난로를 꺾은 듯 가슴이 따뜻해지고 건재하던 겨울의 서리가 몽글몽글한 언어들로 빠르게 녹았다. 진심으로 B의 새로운 출발이 잘 풀리기를 바라며, 훗날 또 다른 시작을 준비하더라도 언제든지 B의 곁을 떠나지 않을 거란 확신을 품었다. 봄이 느껴지는 하루의 시작이었다.

그리고 그날 밤, 3년 전에 함께 일했던 친구를 교토에서 만났다. G가 교토에 있다는 사실을 친구에게 건너 듣고 덜컥 연락했다. 우리는 사적인 메시지 한 번이 사치일 정도로 단편적인 일속에서만 만남을 이어갔다. 그럼에도 나는 G와 함께하는 일터를 좋아했다. 새벽에 만나서 밤에 헤어지더라도, 지친 몸을 뚫고 G의 눈은 항상 해변과 햇빛에 둘러싸인 조약돌 같았다. 언제나 꽉 찬 애정으로 사람을 대하는 G는 큰 위안이었고, 함께 짜증을 내고 머리를 싸매던 순간들이 그리워 G를 불렀다.

> C의 손이 홧홧할 정도로 따뜻했으면 좋겠다고 호텔의 작은 방에 누워 투덜거렸던 기억이 난다. 신비한 존재가 나타나 세계에 지나친 영향을 미치지는 않는 소원을 하나 들어주겠다고 하면 사람들의 손발이 항상 따뜻하게 해달라고 빌 것 같다. 그다지 부작용은 없고 괜찮은 소원 아닐까? *

우리는 서로의 연락을 반가워하며 재빠르게 각자의 일정에 서로를 끼워 넣었다. 오랜만에 보는 친구를 교토에서 번개로 만나는 건 영화 속 주인공이 된 듯한 기분을 선사했다. 예술을 가까이하는 사람과의 낭만적인 만남은 짜릿했다. 좋아하는 것들로 똘

* 정세랑, 『지구인만큼 지구를 사랑할 순 없어』(위즈덤하우스, 2021), 278쪽

똘 뭉친 약속이었다.

몇 년 만에 만난 G의 모습은 내가 기억하는 모습과 조금은 달라진 조각이 공존했다. 친구를 찾지 못해 어리뜩한 표정으로 인파 사이를 헤매는 날 보며 짓궂게 다가온 G의 미소는 그대로였다. 장난기와 생기가 가득 담긴 보조개, 밤색으로 초롱초롱한 눈동자가 보였다.

우리는 조용한 이자카야로 들어가 한국어로 가득한 시간을 보냈다. 서로가 없던 시기의 가벼운 근황과 조금은 무거운 대화를 나누며 양배추 반찬을 씹었다가, 생맥주의 거품을 시원하게 넘겼다. 몇 년의 시간은 떠들썩한 대화에 까마득한 곳으로 사라졌다. 술과 사람, 약간 오른 열기와 특별한 만남에선 솔직함이 자라났다. 끄덕임과 맞장구, 동조로 빚어진 밤이 달빛 뒤로 은은히 깔렸다.

각자의 여행으로 돌아가기 전, 우리는 교토의 가로등 아래서 함께 사진을 남겼다. 맥주로 차오른 손끝과 표정이 담긴 사진은 신남이 흘러넘쳐 거세게 흔들렸고, 교토인지 알 수 없이 우리의 얼굴로만 꽉 차 있었다. 어두운 골목길에서 두 개의 점이 통통거렸다.

"흔들리니까 오히려 좋은데?"

"느낌 있어. 괜찮아, 괜찮아."

뚜렷함은 없지만 애정이 넘실거렸다. 멈춰 있는 화면으로 생동감을 표현했으니 완벽하다. 먼발치에서 은근한 응원을 보내던 사람으로 시작하고 마무리한 교토의 날. 이날은 유독 따뜻한 날이었다. 수없이 홀로 걷던 거리에서 끌어모았던 외로움과, 혼자 몇 번이고 싸웠던 생각을 정리한 후 맞닥뜨린 누군가의 품은 더욱 귀했다. 진심이 차올라 우애의 호수에서 순수한 감정이 잉어처럼 넘실넘실 헤엄쳤다. 모난 데 하나 없는 마음만을 공유할 수 있는 사이가 씩씩하게 나아갈 용기를 불어넣었다. 날카로운 장검도, 부서지지 않는 방패도, 천둥 벼락도 모두 필요 없다. 우리의 세상은 모든 순간을 사랑할 수 있는 여유만 부유했다.

B와 G, 어디에서나 너희를 위한 노래를 부르며 누구나 사랑할 수 있는 시간을 쌓아 올릴 것이다. 철옹성처럼 단단하고 완벽한 성은 아니더라도 좋아하는 사람들에게 언제든 내어줄 수 있는 안락한 공간을 빚어 위성처럼 대기하겠다. 힘들 땐 고개를 들어 나를 쉽게 발견할 수 있도록.

Osaka
#6

멧챠 우마이

사람도 자연의 일부임을 어루만지고 싶은 날이었다. 단풍이 유명한 장소지만, 눈 쌓인 풍경은 겨울의 고독과 잘 어울릴 거라 믿어 2시간 가까이 걸어 엔코지로 향했다. 식물을 해치지 말라는 유치원생의 그림, 한겨울에 꽃을 피운 노란 팬지, 주기적으로 가까워졌다 멀어지는 지상철을 지나는 여정이었다.

만원 지하철에 낀 우리처럼 웅크린 집들이 곳곳에 보였다. 누군가 위로 길게 잡아당긴 것처럼 가늘고 빼곡했다. 앉은 자세만 허용할 듯한 작은 자동차들은 차도를 가득 메웠다. 개인의 크기를 중점으로 두지 않는 사람들의 일상을 구경하다 보니 대자로 누워도 불편한 마음이 기어 나오던 내 방바닥의 냉기가 발끝을 스쳤다.

구석구석을 정차하는 마을버스처럼 돌아다니다 보니 목적지에 도착하기 전부터 허기져 기운이 빠졌다. 얼마 남지 않은 엔코지를 향해 박차를 가해볼까 싶다가 덩굴로 덮인 듯한 오래된 문이 보였다. 카페인 듯하면서도 제대로 알 수가 없어 지도를 검색해 보니 브런치 식당이었다. 2시면 영업을 종료한다는 안내에 재빨리

문고리를 잡았다. 딸랑거리는 종소리 뒤로 가게 주인의 인사가 들렸다.

"한 명이세요?"

가게에는 혼자 온 사람들과 함께 온 사람들이 적절히 어울리고 있었다. 일본 가게에서는 홀로 밥을 먹고 술을 마시는 손님이 굉장히 흔한데, 그들을 보면 삶을 직시하는 어른처럼 보인다. 새벽에 얕은 불 하나에 기대어 책을 읽던 엄마로 시작해서 아이스크림 가게 유리창 너머로 혼자 앉아 있던 아저씨까지 떠오른다. 작은 플라스틱 숟가락으로 딱 한 가지의 맛을 입에 넣던 모습. 그러다 집 거실 한쪽에 누워 있는 익숙한 아저씨로 생각이 매듭지어진다. 언제나 콧노래를 부르고 미소로 가족들을 바라보지만, 혼자임을 한없이 두려워하는 남자다. 담배 피울 때를 제외하곤 언제나 가족들과 가깝게 붙어 있는 것을 좋아하며, 날 자주 귀찮게 만들지라도 아무도 없는 시간을 누리는 것이 아니라 버티는 사람이면 어떡하지 싶은 걱정에 자꾸만 함께하게 만드는 어른이다.

자리에 앉자마자 내 앞에 따뜻한 물수건이 가지런히 말려 딱 떨어지는 그릇 안에 담겨 나온 걸 발견하자 우리 집 여성의 환호성이 스쳐 지나갔다. 항상 수족냉증에 시달려 따뜻한 물수건이 나오면 사계절 상관없이 좋은 음식점이라고 평가하는 여자니까.

그녀의 평가 방식을 빌려 통과 스티커를 몰래 붙여본다. 식당은 원목 가구들과 어우러지는 피아노 재즈가 가볍게 맴돌았다. 바 자리에 앉은 덕에 정갈한 그릇이 가득한 수납장도, 스테인드글라스로 장식된 창문도 꼼꼼하게 구경할 수 있었다. 언젠가 나도 혼자 살게 된다면 저런 수납장을 둬야지, 저런 식기를 두고 싶다 하며 식당과 비슷해질 나의 공간을 상상했다.

바 자리 옆으로 초록색 작은 칠판에 오늘의 메뉴가 적혀 있었다. 빠르게 번역 앱을 돌리니 파스타와 생선구이를 곁들인 점심

세트 두 가지만 파는 듯했다. 어떤 생선을 굽는지는 적혀 있지 않았으나 마침 일본 가정식을 먹고 싶었던 날이라 오늘의 점심을 부탁했다.

따뜻한 물수건에 손을 데우며 둘러보니 창이 있어도 밖이 완전히 보이는 식당은 아니었다. 불투명한 유리 너머로 겨울빛이 약하게 두들기는 정도라 나무 굴에 들어온 듯 안락했다. 단체 손님은 창가에 가까이 붙어 실루엣으로 일렁거렸는데, 그림자들이 식사를 즐기는 듯했다.

"메뉴 나왔습니다."

커다란 접시와 수저를 위한 수저통, 그리고 흰 쌀밥 그릇까지. 한 사람을 위해 쓰이는 그릇이 무척 많다는 사실에 '설거지는 어떡해'라는 현실적인 생각과 동시에 두껍게 둘러싼 정성이 별 다섯 개를 치켜올렸다. 뭉근하게 끓인 야채 스튜와 샐러드, 흰 살 생선구이 밑으로 깔린 익힌 양배추와 소스로 건강과 비주얼이 모두 가득 차 있었다. 사실 2시간은 엔코지가 아니라 이 식사를 위해 걸어온 걸지도 모른다고 착각할 뻔했다. 화려하진 않아도 정갈한 음식들이 사람들을 계속 불러서 외진 곳에서도 빛을 발하는 거겠지. 내가 자리에 앉을 때나 메뉴를 고르고 음식을 받을 때까지 계속해서 들어오는 손님들이 이를 증명했다.

샐러드부터 한 입 먹고 별 다섯 개가 열 개로 되고, 야채 스튜를 먹고 별 열다섯 개가 되었으며, 생선과 양배추를 함께 먹으니 별 폭죽이 터졌다. 모든 요리가 완벽한 조화를 이뤄서 입에 넣는 순간부터 목으로 넘길 때까지 부족한 순간이 없었다. 동작과 동선이 모두 조화로운 춤은 이런 느낌일까? 샐러드의 냉함을 아늑하게 감싸주는 따뜻한 음식들이 축복의 탭댄스를 마구 튕겼다. 어떡하지. 이 주접을 최대한 사장님한테 말씀드리고 싶었다. 결국 조용히 바와 주방을 들락거리던 사장님께 용기를 냈다.

"멧챠 우마이.(진짜 맛있어요.)"

이 말을 듣자마자 사장님이 잇몸을 드러내며 소리 내 웃었다.

이른 시간부터 준비한 보람을 한껏 느끼셨으려나. 크게 부풀린 마음을 가득 담은 무겁고 짧은 일본어였다. 유튜브에서 보니 미간을 잔뜩 찌푸리며 맛있는 음식을 먹을 때 이 표현을 썼다. 유튜버도 이런 마음이었을 거야. 유튜브를 틀어드릴 수도 없는 노릇이니 이 마음을 사장님도 알아주기를 바랄 뿐이었다.

사장님은 부엌으로 들어가 주방장에게 이런저런 이야기를 하며 '우마이'라는 단어를 꺼냈다. 아마 내가 한 이야기를 전달해 주

는 거겠지. 그녀의 잇몸을 보자마자 순식간에 귀로 평균 체온을 넘는 열기를 느꼈지만 그래도 어느 조용하고 어설프던 관광객의 진심이었다. 전설처럼 회자하는 과거의 숙성 초밥을 가뿐히 이기는 음식이었다. 공간, 분위기, 조명, 습도… 음식까지 모든 게 완벽했다.

언젠가 다시 방문해서 '지난번에 왔었는데 너무 맛있어서 또 왔어요.'를 말하리라 기약했다. 그때는 혼자가 아닌 사랑하는 사람들과 함께 오기를. 내가 맛있게 먹은 음식을 좋아해 주면 추억의 기쁨은 배가 되니까. 따뜻한 물수건을 좋아하는 여자와 절대로 혼자 외식하지 않는 남자를 데리고 와야겠다. 정말로 잘 먹었습니다. 멧챠 우마이.

Osaka
#7

지속적인 여행을 위한 방법

생애 처음 내일로를 떠나던 날을 기억한다. 친구들과 함께 먹고 잤던 곳들이 희미해졌지만 내가 들고 다녔던 묵직한 짐만큼은 여전히 선명하게 남아 있다. 백팩 하나로 여행의 준비가 끝나던 친구들과 다르게 나의 양쪽 어깨에는 짐이 주렁주렁 매달려 있었다. 5일을 떠나는 여행에서 매일 옷을 바꿔 입어야 했고, 화장품을 넣을 공간이 모자라서 결국 접이식 장바구니에 몽땅 넣어 다녔다. 여행을 간다면 그 기간만큼은 내 생애 가장 멋진 나를 보여줘야 한다고 생각하던 때였다.

매일 아침 친구들보다 기나긴 준비 시간을 투자해야 해서 부지런히 움직였다. 장바구니에 가득 넣어둔 화장품을 보물찾기하듯 이리저리 뒤적거리다 결국 와르르 쏟고 다시 와르르 넣었다. 다사다난한 준비 시간이 이어진 날들이었다. 하루하루 바쁘게 기차를 타며 장소를 옮기다 보니 가지런히 정리해 놓을 새도 없이 번거로운 행위를 반복했다. 지금 다시 할 수 있냐고? 어림 반 푼어치도 없는 소리다.

뷰티 업계에서 종사하냐고 묻는 친구들이 종종 있을 정도로 온갖 화장품들이 작은 방에 줄 세우며 공간을 차지했다. '하늘 아래 같은 색조 없다'는 말이 얼마나 큰 사명처럼 느껴졌는지 모른다. 묘하게 다른 색들을 발견했을 때의 희열감이란. 수많은 섀도와 립 제품 세상에서만큼은 틀린 그림 찾기 일인자였다. 똑같은 옷을 여러 번 입는 것도 견디지 못했다. 옷 먼지에 가득 싸여 매번 콜록거리던 비염인 임에도 불구하고 나는 옷 가게 아르바이트를 좋아했다. 30% 직원 할인은 아르바이트생에게 가장 좋은 복지라 여겼다. 어차피 돈이 다 옷 사는 걸로 돌아가니 가끔 돈 대신 옷으로 주는 게 낫겠다고 생각할 정도였다.

사은품에도 눈을 반짝여 나를 말리던 친구가 생각난다. 그만큼 나는 사물에 관해서 아주 관대했고, 내 사전에 '절제'란 단어는 한참 후에나 기재됐다.

물건의 쓰나미에서 서핑을 즐기던 내가 시간이 흐르면서 자연스럽게 변하기 시작했다. 어느 순간 OTT 프로그램에서 미니멀리즘 다큐가 보이고, 심플한 인테리어를 표지 삼은 미니멀리스트의 책들이 이목을 끌었다. 텅 비어 있는 그들의 공간을 구경할 때마다 내 발끝에는 물건이 치였다. 5평도 안 되는 방은 밀도가 한계에 임박했다. 이것도, 저것도, 혹시 모르니까… 가정은 소유를 합리화시키고, 사물을 들였다. 오늘은 이 섀도를 썼지만 내일은 저 섀도를 쓸지 몰라. 오늘까지도 축 처진 어깨는 물건들에 짓눌렸던 시간이 쌓인 결과일지도 모른다. 더는 물건에 시달리고 싶지 않아서 천천히 비우기 시작했다.

"짐이 그것밖에 안 돼?"

함께 베트남을 여행했던 친구가 물었다. 캐리어에 반 정도 채워온 짐을 보고 일주일 치의 짐이 맞냐 의심했다. 그리고 7일 동안 부족함 없는 시간을 보내며 가능함을 증명했다. 더 이상 섀도를 골라가며 화장하지도 않았고, 어떤 옷을 입을지 옷장을 열어 고민하는 시간도 줄어들었다. 적은 선택지는 인생에 굉장한 해방감을 선사했다. 한정적인 물건이 오히려 자유롭다는 미니멀리스트 선배님들의 말씀, 하나도 틀린 게 없다. '깔끔한 상태만 유지하자'라는 마인드가 굳건히 자라난 후로, 훨씬 더 활기차게 여행을 즐기기 시작했다. 많은 것을 덜어낸 여행은 오히려 더 깊고 자세하고, 긴밀해졌다. 이제는 경쟁심이 발동해 이전 여행보다 더 비울 수 있기 위해 노력한다. 같은 옷을 입고 사진 찍는 거? 아무렇지 않다. 생각해 보니 카메라 앞에 잘 서지도 않는데 똑같은 옷이 뭐가 대수인가 싶다. 날도 다르고 장소도 다르다는 사실은 옷을 바꿔 입어야 하는 이유에서 옷을 안 바꿔 입어도 되는 이유로 변했다.

물론 여전히 작고 귀여운 것, 독특한 곳을 보면 멈춰서 구경하는 게 먼저다. 물건을 돌처럼 여기는 마음도 아직 부족하며, 캐리어의 시작은 텅 비어 있으나 돌아올 때 창대한 경우도 비일비재하다. 대신 이전에는 새로 산 내 물건으로 묵직해졌다면 이제는 누군가에게 줄 선물들로 공간을 채운다. 드럭스토어를 꼭 들려 유명하다는 기념품을 사지만, 나를 위해 사는 물건은 거의 없다. 나와의 관계를 유지하는 이들에게 정성을 쏟는 것으로 화살을 돌렸다. 생각보다 여행을 너무 자주 다니는 바람에 '기념'이라고 하기엔 조금 무색할 때도 있지만.

가벼운 캐리어가 교토, 고베, 오사카 순으로 움직이고 도시 내에선 숙소를 옮기지 않았다. 숙소와 멀리 떨어진 곳을 가더라도

い
月桂冠
鳥

오래 걸어서 더 좋다는 마음이었다. 4만 보를 걸은 날엔 상반신과 하반신이 다르게 작동할 수 있다는 걸 경험해서 피곤해도 즐거움이 더 컸다. 이른 시간부터 출발해 근처 카페나 식당에서 가볍게 아침을 챙겨 먹고, 저녁에 돌아와선 로비나 방 안에서 노트북을 두드리는 루틴이 자연스럽게 굳어졌다. 열두 시간 가까이 밖을 돌아다니니 숙소에서만큼은 인사조차 생략하고 싶은 상태라 게스트하우스나 호스텔은 선택지에 없었다. 대신 비즈니스호텔 수준의 숙소를 찾아다녔다. 처음 오사카에 왔던 해에, 침대 두 개와 테이블 말고는 들어설 공간이 없던 호텔이 마음에 쏙 들었기 때문이다. 캐리어 하나를 펼치기에도 벅찬 공간이 모든 걸 덜어내라는 신호 같았다. 최소한의 공간은 부족함의 반증이었고 묘한 안락함까지 선사했다. 그 이후론 틈이 없는 좁은 방을 선호한다.

교토 숙소는 책상 하나를 넣을 수 없을 정도로 작았다. 커다란 침대와 기다란 의자가 전부였다. 그래서 노트북을 쓰고 싶을 때마다 로비로 내려가야만 했다. 귀찮을 줄 알았던 로비의 시간은 훗날 그리워할 정도로 빠르게 정이 들었다. 로비에 서 있는 직원과 나, 그리고 구석에서 쪽잠을 청하는 노숙자 셋이 서로의 관심을 완벽히 제거한 채 보내는 날들이었다. 늦은 밤 내 잠옷을 보고 의아하게 여길 사람들이 아무도 없었다. 마치 커다란 거실을 즐기는 듯 덜 마른 머리가 로비에서 천천히 말라갔다. 일과 휴식이 구분되는 호텔은 지친 여행객을 필요한 만큼만 달랬다.

호텔들이 점점 편의용품을 의무화하지 않고 필요한 만큼 가져가라는 방식을 취하고 있다. 불필요함을 마주하지 않을 수 있는 간결함이 여행객을 좋은 방향으로 이끈다. 필수를 선택함으로써 우리가 얼마나 간단히 살 수 있는지 배운다. 앞으로도 더욱더 힘차게 짐을 줄이는 여행객이 되고 싶다. 여행도, 지구도 모두 포기할 수 없으니 조금이라도 도움이 되는 선택지를 고르며 상호 공존하는 관계를 유지하고자 노력한다.

단순해진 몸과 마음은 풍성한 선물을 안긴다. 마음에 드는 물건 대신 200장의 사진이, 취향을 저격한 옷 대신 공책을 가득 채운 빽빽한 글씨가 다가왔다. 가벼움을 제일 중요하게 여긴 오사카 여행은 가장 나다운 여행이었다. 무엇이든 받아들일 준비가 되어 있는 여행객으로 지구를 돌아다니고 싶다.

Osaka
#8

서점에서 만나요

생산자인 것도 좋지만 향유자일 때 백배 행복하다. 향유라는 단어 자체가 입 안에서 향기롭다.*

충동으로 출발한 여행이었으나 여행 중 츠타야(TSUTAYA)를 꼭 가고 싶었다. 츠타야는 우리나라로 치면 교보문고 같은 대형 서점이다. 언젠가 읽었던 책에서 츠타야 서점이 자주 언급되어 기억하고 있었는데, 사실 예전 여행에서 이름을 모른 채 들어갔던 서

* 정세랑, 『지구인만큼 지구를 사랑할 순 없어』(위즈덤하우스, 2021), 39쪽

점이기도 했다. 이번엔 생각날 때마다 검색해 찾아다녔다.

책을 가까이하게 된 이후로 서점이 보이면 이끌리듯이 입장한다. 사실 책만 구경하기 위해 들어가는 건 아니다. 군데군데 아기자기한 물건들을 팔아서 특별한 기념품을 구매하기도 안성맞춤이고, 책을 좋아하는 사람들을 위한 도구도 많이 구비되어 있어 구경하는 재미가 쏠쏠하다. 북마크, 북 클립, 혹은 다이어리에 끼는 볼펜꽂이 등. 내 지갑이 가장 취약해지는 곳이 서점이다.

광화문 근처로 전시를 보러 가는 날에는 방앗간처럼 광화문 교보문고를 들린다. 책을 읽는 사람들이 줄어든다고 하는데 그곳에만 가면 사람들이 바글바글하게 모여 관심 가는 책을 움켜쥐고 있단 사실이 좋다. 흐트러진 베스트셀러와 신간들, 추천 코너에 사람들의 손길이 닿아 있고 기다란 책상에 연고 없는 사람들이 모여 다 같이 책을 읽는다. 독서대까지 가져와서 읽는 사람, 흥미로운 책을 발견해 버려서 예상 밖의 일정을 소화하고 있는 사람들이 앉아 있다. 글자에 흠뻑 빠져서 부산한 분위기 속 기류를 전혀 느끼지 못하는 그들의 눈동자가 좋다. 나도 언젠가 그들 사이에서 첫눈에 반한 책을 읽고 싶다. 매번 시간에 쫓겨 제대로 시도하지 못해 아쉽다.

교토에 도착한 첫날에도 밥을 먹고 나서 바로 근처 츠타야 서

旅するキッチン
おかずは
スープだけ…
飛田式おかず

점으로 향했다. 완전한 침묵이 아닌 적당한 고요함이 깔린 공간이었다. 대화 소리가 들려도 일정 데시벨을 넘지 않았고, 사람들은 공간에 어긋나지 않도록 정도를 조정하며 자리를 지켰다. 서점이라면 전 세계적으로 은은한 정적을 약속한다는 점이 우리가 같은 행성에 살고 있음을 실감 나게 했다.

첫날 방문한 츠타야는 지역 음식 관련 코너에 음식도 함께 팔고 있었다. 일본어뿐이라 가볍게 구경했지만, 지역 특색이 담긴 음식을 보니 서점과 동네 마트를 오가듯 정겨웠다. 다른 코너에서는 그릇도 팔고 있어 한참을 만지작거리며 구매와 인내의 줄다리기가 한참 이어졌다. 서점에서 그릇을 사고 싶은 마음이 들다니. 이래서 난 서점이 좋다.

사람들이 눈에 띄는 책을 골라 간단히 훑어보는 동작의 연결성을 좋아한다. 대개 시선은 자신의 눈높이에서 크게 벗어나지 않는데, 그 사이에 몇 권의 책과 운명의 맞닥뜨림이 시작된다. 책들은 과연 자기를 골라주기를 기도할지 궁금하다. 우리와는 다른 눈으로 자기 앞에 선 사람을 바라보며 지금 꽂혀 있는 책장이 아닌 저 사람만의 책장에 꽂히는 상상을 시작할지 모른다. 한 번 펼쳐졌다 다시 돌아오는 책들은 가지런히 꽂힌 다른 책에게 영웅담을 늘어놓을 수도 있다. 저 사람의 손은 거칠었어, 핸드크림을 발

랐나 봐, 어느 부분을 오래 읽더라… 책다운 대화를 생각해 본다. 책들도 우리를 구경할 수도 있다는 생각에 길게 늘인 인중을 빠르게 되돌렸다.

서점에서 시간을 보내고 싶던 열망을 츠타야 우메다 지점에서 작게 이뤘다. 프랜차이즈 카페가 들어가 있는 서점은 1층과 2층으로 나뉜 도서관 같았다. 2층의 사람들은 음료 한 잔과 함께 자리에 앉아 각자 공부하거나 책을 읽었다. 혹은 따뜻한 분위기에 취해 소리 없이 졸기도 했다. 삼삼오오 모인 공간은 후덥지근했다. 대충 놓인 공책, 틀어진 노트북, 어깨보다 목이 더 밑으

로 내려간 것도 망각한 채 고정된 시선이 모두 뭉쳐 마음을 간지럽혔다. 이곳이라면 뭐라도 술술 써 내려갈 수 있을 것 같아 빠르게 자리를 차지했다. 적당한 음량의 재즈가 서점 전체를 부드럽게 돌아다녔고, 위에서 내려다본 1층은 각자의 간격이 더 확보된 만큼 여유로운 분위기였다. 통창으로 빛이 들어오면서 활발한 기운이 1층 바닥에 통통거렸다. 한 아이가 엄마와 스케치북을 사이에 두고 그림을 그리는 모습이 1층을 알맞게 설명했다.

텅 비어 있는 일회용 컵을 책상 가운데 두고, 팔짱을 낀 채로 조는 아저씨 옆에 앉았다. 대낮에 깔끔한 정장과 코트를 차려입

고 잠을 청하는 이유가 궁금했다. 시간과 복장이 어색하게 부딪혔으나, 등을 활짝 펴기도 힘든 좁은 걸상을 선택한 이유가 있으리라 싶었다. 공책을 펼쳐서 하고 싶은 이야기와 편지를 모두 적어 내려가다 투명한 열정을 둘러보고, 통창 너머의 우메다를 구경했다. 쇼핑과 피로를 해독하는 시간이었다.

책을 많이 읽은 사람 특유의 저자세를 배우고 싶어 자꾸만 서점을 찾는 것도 있다. 나는 영화 <어바웃 타임>에서 주인공 아버지가 몇 번이고 시간을 돌려 책을 읽었다는 설정에 몇 년째 질투하고 있는데, 자유롭게 과거와 현재를 왔다 갔다 할 수 있는 능력을 가장 환상적으로 사용했다고 생각하기 때문이다. 그의 대사에는 다독가의 특성이 묻어난다. 다양하게 깊게 알수록 모르는 것 또한 많음을 아는 겸손함을 배우고 싶다. 서점은 누구든지 그런 사람이 될 수 있다는 기대가 숨어 있기 때문에 나 같은 독서 초짜는 욕심을 낼 수밖에 없다.

츠타야뿐 아니라 일본은 여전히 동네에도 서점이 많다. 길을 걷다 책장 앞에서 책을 읽는 사람들을 틈틈이 포착했다. 지금은 사라졌지만 초등학교 근처에 있던 동네 서점과 밥 먹듯 자주 다닌 만화 책방이 그리워졌다. 세상이 무서워 도망치던 내게 아무런 질문을 던지지 않은 채 문을 열어주던 책의 세계로 돌아가고 싶었다.

어릴 때 도서관 책장에 등을 기대어 뷔페처럼 골라 읽던 기억을 살려 책을 읽을 곳이 다시 흔해지길 기대한다. 책 읽는 문화를 아무리 권유해도 결국 종이를 펼칠 곳이 없으면 그 취미는 어디서 즐겨야 하나. 매해 사라지는 서점과 도서관의 소식을 들으면 마음을 놓아둘 곳이 사라지는 기분이 든다. 세상에는 내가 아직 읽어야 할 책들이 수도 없이 쏟아지고 있는데 그들을 만날 기회가 줄어들고 있다. 이북과 인터넷 서점이 활발해져도 직접 펼쳐보고 둘러보는 재미를 포기하고 싶지 않다.

하루 종일 츠타야 서점에 있는 하루를 꿈꿔본다. 딱딱한 표지와 부드럽게 쓰다듬어지는 내지의 조합으로 가득한 공간이 안락하다. 흡족한 감정이 차오르면서 이곳을 또 좋아할 누군가를 떠올린다. 나에게 전경린 작가를 소개해 준 여자, 내가 정세랑 작가를 소개해 준 여자. 서점을 사랑하게 만든 여자를 초대해 하루 종일 책 이야기를 나눌 미래를 빚는다.

Osaka
#9

맞는 길을 찾아라

핸드폰 화면을 끄고 눈을 감는다고 해서 3초 만에 잠에 드는 사람은 거의 없을 것이다. 보통 몇 가지 생각들이 복합적으로 떠오르는 걸 매끄럽게 다듬고, 천천히 몸을 가라앉히며 잠에 가까워지곤 한다. 나는 망상과 상상으로 몸을 무겁게 눌러 잠드는 편인데, 울타리를 뛰어넘는 양 대신 미래의 모습이나 마법 주문을 외는 다른 차원의 나를 떠올리다 보면 눈감은 세상이 대낮보다 환해져서 잠이 달아나는 경우도 있다.

대학교 입시를 준비하면서 상상의 마무리를 글로 끝낼 수 있다는 사실이 짜릿했다. 합법적으로 내 세계를 만들어 낼 기회가 주어진 셈이었다. 지정해 둔 상황의 앞뒤를 이어가며 내용을 만들거나, 던져진 제시어로 꼬리에 꼬리를 물며 그려 본 적 없던 이야기가 손안에서 태어나는 순간들이 신기했다. 흙으로 신을 빚어내던 신화 속 창조주가 이런 기분이었을까. 재수에 대한 스트레스와 불안을 글로 풀어내며 보낸 세월이었으니 그 당시 나는 사랑한다는 말 없이 매일 글에 고백했다.

물론 좋아하는 일을 한다고 해서 항상 즐거운 것은 아니었다. 밑 빠진 이야기를 그럴싸한 설정으로 메꿔 완전한 독으로 빚으려면 많은 힘이 필요했다. 인물이 왜 그런 선택을 했는지, 어떤 환경 속에 있는지, 어떤 사건으로 나아가야 하는지를 하나하나 정교하게 박음질했다. 하지만 들춰보면 엉성한 시침질이 끊임없이 눈에 거슬렸다. 탄탄한 줄 알았던 나의 세계는 구멍이 송송 뚫려 허술했다.

그럼에도 그때의 감정을 하나만 꼽자면, 진한 즐거움이 노른자처럼 황금빛을 띠며 빛을 낸다. 생각이 안 떠오른다며 모니터 앞에 머리를 무턱대고 갖다 대던 순간과, 같은 공원을 몇 바퀴 빙빙 돌던 시간이 모두 쌓여 기어코 원하는 방향과 가까운 방법을 제시했기 때문이다. 하지만 졸업이 가까워지면서 웃는 날은 줄어들

고, 전공을 더 이상 사랑할 수 없을 때 불쑥 현실이 나타나 버렸다. 무턱대고 떠밀려 나간 사회는 나를 다정하게 맞이할 리 없었다. 오로지 한 우물만 파던 나와 다른 이들의 시작점은 철저히 아득했다. 온갖 '스펙'이라 칭하는 것들과 담을 쌓은 나였다. 텅 비어 있는 경력과 허영으로 가득한 자기소개서를 볼 때마다 양치기 소년이 된 기분이었다. 현실은 채찍질하고, 나는 지레 겁을 먹은 채 '안정', '안도', '안심' 같은 편안한 단어들을 파헤쳤다.

그럼에도 나는 '인생 직업'을 찾고 싶었다. 21세기의 세상에 평생 직장은 많은 매력을 잃었지만, 여전히 나는 백마를 탄 직업이 내게 찾아올 거라 기대했다. 그러나 내겐 백마도, 길을 알려주는 파랑새도 나타나지 않았다. 지속적인 도전과 꾸준한 결말만이 맞이했다. 크고 작은 일들이 순식간에 막을 내리는 상황이 비슷하게 나열됐고, 나를 향했던 가족들의 기대와 믿음은 깎여갔다. 나, 그리고 나와 비슷한 친구들은 해가 저물면 불안의 기운에 온몸을 벌벌 떨었다. 요연한 미래와 함께 멀어진 행복은 우리를 겁줬다. 어떻게 살 건데, 뭐 하고 싶은 건데. 누구도 아닌 우리의 목소리로 들리는 의문들은 길을 못 찾은 이들을 숨 쉴 틈 없이 움켜쥐었다.

하지만 취업을 준비하고 여러 개의 건물을 드나드는 순간부터 나는 도망치고 싶었고, 그래서 숨어 있던 충동이 계획과 목표가

SRILANKAN
CURRY
スリランカカリー
¥1,000
¥1,000
¥1,000
LUMP RICE
1,500yen

踏切注意
あたらし
おつきあい。

없는 9박 10일을 발포한 것이다. 여행은 텅 비었기에 순수한 욕망으로만 채워졌다. 걷고, 먹고, 사진을 찍고, 썼다. 딱 4가지의 행동으로만 열흘이 반복됐다. 단순하고 원초적인 행동들 사이에서 나는 도망쳤던 것들을 마주했다. 1년을 투자했던 공부, 헤어짐을 통보한 전공, 안정적인 직장, 사랑하는 사람들, 그리고 꿈까지. 꽉 다문 입과 바삐 움직이는 발로 만들어진 틀 안에서 여러 번의 토론과 여러 개의 해결책이 오갔다. 약 240시간 동안 나는 과거로 넘기지 못했던 것들을 마침내 내려놓을 수 있었고, 어물쩍 판단했던 마음에 확신을 새겼다.

매일 평균 3만 보를 걷느라 신발이 눈에 띄게 닳던 여행이었다. 돌아갈 날이 가까워질수록 신발은 더 이상 제 기능을 하지 못해 새로 사야만 했다. 새로운 신발로 바꿔 신자, 묘한 해방감이 발끝을 시원하게 맴돌았다. 현실은 꼭 답으로만 해결되는 게 아니었다. 아팠던 과거는 신발 밑창과 함께 천천히 닳고 있었고, 뭉갠 과거들도 천천히 녹아 사라졌다. 걷기와 쓰기는 상처의 파편을 해독했고, 엉킨 마음은 겨울의 연한 햇빛으로도 충분히 녹을 만큼 약해지고 희미해졌다.

세상에 몇 번을 물어도 내게 힌트 하나 알려주는 곳이 없었다. 순간순간마다 맞닥뜨린 관심에 기울이고, 시도하는 게 최선이었

다. 한 번이라도 혼자 여행을 떠날 용기가 있었다면, 조금은 일찍 마주하지 않았을까 하는 아쉬움이 얕게 남는다. 하지만 더 늦게 시작했기에 더 꾸준하고 간절한 마음으로 나아가고 싶다.

이 지난 여행의 기록들은 사실 여행 그 자체보다는 여행을 하며 안쪽에 축적된 것들에 중점을 두고 있는 듯하다.*

이번 여행은 탈각(脫却)의 과정이었다. 무엇을 하든 나는 결국 글자로 탄생하는 행위를 반복했다. 작은 재수학원 책상 위에 문제집 대신 너덜너덜해진 공책을 올려두고 상상하던 비좁은 순간들이 어제처럼 또렷해졌다. 뭐든 써야겠다. 투박하지만 솔직한 문장이 심장을 벌컥 열고 들어왔다. 온몸은 기다렸단 듯이 문장을 보고 환호하고, 꼭 들어맞는 옷을 입은 듯 입꼬리가 조용히 올라갔다. 용사가 자신의 소명을 다하기 전 각성이 필요하듯 혼자의 여행은 꿈의 각성을 위한 재료였다. 욕망 위로 쌓였던 먼지가 힘없이 털려 나갔다.

오리무중의 시간을 끝내기 위해 우리는 자신과 마주할 자리를 만들고, 솔직함을 담은 질문에만 대꾸해야 한다. 꾸준히 해왔다고 착각한 시간은 한국을 떠나고 나서야 비로소 뿌리가 없었음을 고백했다. 머릿속 뿌연 안개를 걷어내고 한국으로 돌아간다. 확신의 씨앗을 이고 돌아가는 본래의 공간은 이전보다 덜 무겁고, 더 많은 빛이 들어올 것이다. 사라졌던 감각들이 찌뿌드드

* 정세랑, 『지구인만큼 지구를 사랑할 순 없어』(위즈덤하우스, 2021), 8쪽

한 몸을 일으켜 시동을 걸고, 몇 번의 도약 끝에 진짜 항해를 위한 돛을 펼쳤다. 평생 할 수 있는 걸 해보자. 단단히 준비한 용기를 품고 또다시 새로운 여행을 나갈 준비를 마쳤다.

혼자가 아름다웠기에 나란히 걷는 뉴욕은 눈이 부셨다. 다시는 찍지 못할 순간들을 기록하면서도 자꾸만 사랑하는 사람들을 보고 싶었다. 새로운 세상에 눈을 떼지 못하는 이들과, 시시껄렁한 나의 농담에 동조하며 끝도 없이 이야기를 쌓아갈 친구들이 군데군데 돋아났다. 둘, 셋이 된 뉴욕은 더욱더 많은 일을 벌일 수 있을 것이다.

New york & Boston #1~10

New york & Boston
#1

뿌린 씨앗을 거둬라

“내년에 해외에 오래 나가요. 그런데….”

“그런데요?”

“공부도, 일도 아니네.”

“네? 제가 이 나이에 돈도 공부도 아니면 어떻게 길게 나가겠어요.”

철학관 선생님이 나의 사주를 풀이하며 나눴던 2022년의 대화다. 나는 해외를 여행으로 오래 나간다는 해석에 콧방귀를 꼈다. 내 나이 이십 대 후반, 장기간으로 공부도 일도 아닌 채 나간다면 너무 답 없는 사람처럼 보일까 걱정부터 들었다. 과거의 나는 제발 다음 해부터는 비경제활동 인구에 속하지 않길 바랐으니까. 일확천금은 아니더라도 계좌를 확인할 때마다 눈물 흘리는 자릿수는 탈출하고 싶었기 때문이다.

오사카 일정을 끝내고 나서 나는 또다시 바쁜 일정들을 보냈다. 손에 꼽히는 면접과 동시에 글과 가까워질 방법들을 궁리했다. 답답할 땐 전시회를 쫓고, 친구들에게 고민을 토했다. 그런데 웬걸, 오사카 여행을 가기 6일 전 급하게 비행기표를 끊은 것과 데자뷔가 일어났다. 보스턴 공항에 도착하는 비행기표를 9일 전에 끊어버렸다. 심지어 3월에 가서 4월에 돌아오는 33일간의 일정으로. 120%의 충동은 보스턴에 사는 형제의 말로 피어난 여행을 절대로 놓치지 않았다. 10일도 잘 다녀왔는데 3배가 된다고 달라질 게 뭐가 있나. 공항과의 거리감은 한 달로 충분했나 보다. 한 번 다녀오니 혼자서 어딜 떠나는 것에 자신감이 붙어버린 게 분명하다. 또다시 비행기를 탈 소식에 설레기만 하니 말이다. 일이고 돈이고, 일단 무작정 떠날 준비를 시작했다. 망설임은 무의미한 사치였다.

나는 9살 때 인생 처음으로 한국 땅을 벗어나 샌디에이고와 엘에이로 향했다. 아빠의 출장을 따라 온 가족이 나선 여행이었다.

그때는 네 명의 가족 모두 지금보다 위나 옆으로 작았던 터라 간이침대를 추가하지 않아도 충분히 밤을 보낼 수 있었다. 멋진 레스토랑과 화려한 음식보단 그물망 안에 담긴 오렌지와 기름이 번들번들한 닭고기를 자주 먹었고, 큰돈을 투자한 투어 프로그램보다 들판, 길거리로 가득 찬 여행이었다. 허덕이는 물가와 넉넉지 않은 형편에 용기 있게 날아온 첫 여행은 너무 오래전 이야기지만, 사진 속 나는 그 누구보다 환하고 자유로웠다. 가장 좋아하던 분홍색 체크무늬 원피스와 잠깐 배운 발레의 유연함이 고스란히 담겨 멋진 포즈가 가득하다. 아직 9살 특유의 장난기와 여유가 담긴 사진들을 이길만한 사진을 찍어본 적이 없을 정도다.

그러고 나서 거의 20년 만에 다시 찾아가는 미국이지만 이번에는 동부다. 형제가 보스턴에 자리를 잡은 지 몇 달, 매일 가족과 영상통화를 하며 먼 거리를 가깝게 좁히고 있었다. 하지만 100% 채워지지 않는 그의 외로움을 달래러, 그리고 백수라는 타이틀 아래에 모든 게 자유로운 자의 특권을 즐기러 미국행을 끊었다. 살살 시동이 걸리던 마음은 비행기 삯을 보니 순식간에 불타올랐다. 나를 향해 얼른 출발하라고 신호를 보내는 듯 경유 한 번이 끼면 왕복 비행기가 채 100만 원이 되지 않았다.

보스턴과 함께 자연스레 뉴욕 여행도 합류했다. 꿈처럼 느껴지던 뉴욕이라는 도시가 코앞에 다가왔다. 드라마 <프렌즈>와 누군가의 브이로그로만 보였던 모니터 속 빌딩 숲이 다가오고 있었다. 뉴욕과 관련한 온갖 노래들을 다운받으며 보스턴보다도 뉴욕의 일정에 더 집중했다. 6일 정도밖에 안 되기 때문에 관광의 목적이 짙어졌다. 아득했던 뉴욕을 직접 어루만지며 계획을 세울 때마다 가슴이 벌렁거렸다. 자유의 여신상과 대규모의 미술관이 날 기다리고 있다니. 미국은 그 어느 곳보다 내가 품은 낭만을 달래줄 나라였다. 이번 여행은 나와 내 가족을 위한 여행이기도 했지만, 예술을 위한 여행이기도 했다. 미술관만 다녀도 일정이 빠듯해 쇼핑은 선택지에 들어올 수 없었다. 단시간 내에 최대한 많은 것들을 보고 느껴야 했다.

처음 가는 곳을 향한 욕망이 마구 피어올랐다. 그렇게 먹어보고 싶었던 매그놀리아 푸딩과 르뱅 쿠키를 먹어봐야지. 한국에 매그놀리아가 들어왔을 때도 멀다고 안 갔는데, 훨씬 멀리 있는 뉴욕에 가서 먹는구나. <나 홀로 집에 2>에서 케빈이 거닐던 뉴욕의 거리도, <프렌즈> 속 '센트럴 퍼크' 대신 가야 할 센트럴 파크에도 모두 나의 흔적을 남길 것이다.

특히나 이번 여행은 교환학생 이후로 가장 긴 시간이었다. 그들의 일상에 조금 더 가까이 다가가고, 어느 날은 아무런 일정 없이,

어느 날은 동네 마실만 나가는 정도의 시간을 보내도 아쉽지 않은 기간이다. 더군다나 영어를 사용하는 나라니 어느 정도 언어에 관한 장벽도 조금은 무너진다.

이번에도 역시나 지난 여행과 비슷한 수준의 옷을 챙겼다. 한 달의 여행이지만 10일의 여행과 크게 다를 바가 없다. 점차 따뜻해지고 있는 한국과 다르게 여전히 추운 보스턴과 뉴욕의 계절을 대비한 두툼한 겨울옷만이 준비물이었다. 최대한 바람을 막을 수 있는 가벼운 짐들로 캐리어를 채운 채 보스턴으로 향할 준비를 마쳤다.

보스턴 공항에 도착하기 전, 샌프란시스코 공항으로 미국에 첫발을 디뎠다. 들어오자마자 샌프란시스코의 따뜻한 열기가 코를 간질였다. 공항 밖으로 나가지 않아도 느껴지는 그 지역만의 분위기가 다양한 사람들 틈을 떠다녔다. 푸동, 창이 등 여러 아시아의 공항과는 확연히 다른 기류가 흘러 기대감이 증폭됐다. 작은 체구를 더욱더 작게 만드는 사람들 사이를 비집고 빠르게 입국심사대로 향했다.

"어디에서 지내요?"

"가족이 보스턴에서 일하고 있어요."

빡빡하다고 으름장을 놓던 미국의 입국심사는 형제의 집을 언

RADIO
CITY
MUSIC HALL

급하자마자 빠르게 통과했다. 가족이 살고 있다면 쉽게 끝난다는 말은 사실이었다. 1시간 반의 경유 시간은 탑승 시간을 기다릴 정도로 여유로웠다. 아주 짧은 샌프란시스코의 만남을 뒤로 하고, 진짜 목적지를 향해 새로운 비행기에 올랐다.

"Welcome to Boston!"

생애 처음 밟아보는 보스턴의 땅에서 익숙한 목소리가 불쑥 튀어나왔다. 몇 달 만에 보는 형제는 자동반사적인 거부감보다 반가움이 압도적으로 더 크다. 시차를 맞추겠다고 꾸역꾸역 잠을 참은 내 모습을 보고 조금 웃었지만, 역시나 형제도 나를 향한 반가움이 더 크다. 한국에 계신 부모님을 위해 우리는 보자마자 단체 메신저 방에 성공적인 만남을 인증하는 둘의 모습을 찍어 올렸다.

나와 닮은 얼굴을 한 한국인을 따라 집으로 향했다. 사진으로만 보던 익숙한 가구와 공간이 피부에 맞닿으면서 보스턴에 도착했음을 알렸다. 전혀 미국답지 않게 웰컴 푸드는 어묵탕과 햇반, 그리고 신김치다. 기내식으로 먹었던 서양 음식들을 시원하게 내려버리는 구수한 음식들로 밤 9시가 넘는 시간에 따뜻함을 가득 채웠다. 기다렸단 듯 영상통화로는 충분하지 못했던 보스턴의 이야기에 고개를 끄덕이며 밥값을 치렀다. 내가 알아야 할 몇 가지 사항도 함께 새겨들으면서.

접이식 매트리스 위로 드러눕자 나른함과 차가운 보스턴 공기가 뒤섞였다. 당장 내일부터 눈을 뜨면 봄을 시작한 한국이 아닌 늦겨울의 낯선 풍경이 펼쳐질 것이다. 막연한 도시가 두 손끝을 간질였다. 나는 여기서 어떤 하루하루를 보내며 성장할까. 생체시계가 재빠르게 보스턴으로 맞춰지며 눈꺼풀이 무거워졌다.

New york & Boston #2

콜라는 셀프예요

빵, 계란 프라이, 소시지, 커피를 2개씩만 주문했는데 5만 원이 나왔다니까. 엄마의 뉴욕 이야기는 항상 같은 괴담으로 마무리됐다. 그녀는 여행 후 끝도 없이 치솟는 뉴욕의 물가에 몇 번이나 혀를 내둘렀다. 뉴욕이잖아요. 덤덤하게 대꾸하면서도 경험한 자의 언어가 부러웠다. 나도 엄마와 함께 눈썹을 꿈틀거리며 뉴욕을 뒷담화하고 싶었다. 천정부지 속 없는 게 없는 곳. 모든 게 뉴욕이라는 이유로 이해되는 도시. 내 로망은 매정한 후기를 들어도 눈치 없이 커지기만 했다.

하지만 비행기를 타기 전부터 뉴욕의 물가에 몇 번이나 눈을 비빌 수밖에 없었다. 형제와 함께 가는 일정이지만 숙소를 각자 구해야 하는 상황이었다. 몇 날 며칠 숙박 사이트에 들어가 괜찮은 숙소를 찾아봤지만, 웬만한 금액으로는 맨해튼에 자리를 잡는 건 꿈도 꿀 수 없었다. 내 예산을 받아줄 수 있는 건 누울 공간만 제공되는 캡슐 호텔이었다. 눕기 위해 기어들어 가야 하고, 눈을 뜨자마자 코앞에 놓인 벽을 과연 나는 며칠을 견딜 수 있을까? 하지만 이 캡슐 호텔도 서울의 괜찮은 숙소와 가격이 비슷했다. 암담한 물가였다. 다행히 형제와 숙소를 함께 쓸 수 있게 되어 뉴욕 일정 내내 호텔에서 보낼 수 있었지만 즐거운 첫인상은 아니었다. 더군다나 이미 예약해 둔 캡슐 호텔은 일주일 전이든 이 주일 전이든 취소가 불가능해서 눈물을 머금고 생돈을 날려야 하는 상황이었다. 가뜩이나 없는 예산이 말라버려서 슬펐지만, 호텔을 저렴하게 머무는 걸로 생각하자 위로했다. 다행히 뉴욕에 도착하니 그런 불만은 순식간에 사라져 버렸다.

보스턴에서 버스를 타고 6시간을 향한 뉴욕. 터미널에서 나오자 뉴욕 타임스의 로고가 커다란 환영 인사를 건넸다. 하지만 겨울의 뉴욕은 비가 내렸고, 마천루 사이로 매서운 바람이 지나다녔다. 사람들 모두 추위와 빗방울에 잔뜩 주름진 얼굴로 비좁은

SKIMS
SWIM
Virgin

거리를 헤쳤다. 누구 하나 여유롭게 걷는 사람 없이 숨 가쁜 보폭으로 순식간에 멀어졌다. 위풍당당한 기세를 떨치는 빌딩들과 달리 사람들은 어깨를 제대로 펼치지도 못한 채 서로를 밀어냈다. 새가 뉴욕을 바라본다면 이곳은 지옥처럼 보일 게 분명했다. 차도와 인도가 구분하기 어려울 정도로 모든 것이 빽빽하니까.

정신없이 체크인까지 마무리한 후, 서둘러 뉴욕의 거리로 나섰다. 커다란 것들이 다닥다닥 붙어 있는 웅장함에 나도 모르게 주눅이 들었지만, 금방 이곳을 사랑하리라 생각했다. 모든 게 휘황찬란했고, 반짝이는 것보단 번쩍거리는 것이 쏟아졌다. 무엇을 보더라도 고개를 든 채로 눈을 땡그랗게 굴려야만 눈에 담겼다. 조금 숨을 돌릴 때마다 쨍한 대마 냄새가 코를 찔렀고, 우중충한 날씨와 낮은 기온에 장갑을 껴도 손이 시렸다.

우선 배고픔을 해결하기 위해 숙소 근처 유명한 베이글 집으로 향했다. 무지개 베이글을 판다는 말에 궁금한 마음으로 무작정 찾아간 곳이었다. 하지만 가게로 다가갈수록 나는 점점 쪼그라들었다. 어디를 가도 잘 살 거라 자부했던 나인데 이상하게 뉴욕의 눈치를 보고 있었다. 기죽지 말자. 잘 모르겠으면 어색하게 웃으면서 관광객인 티를 팍팍 내버리자. 딱딱하게 굳은 입꼬리를 억지로 올리는 상상 속의 나를 떠올리며 몸과 마음 한구석 제대로 펴지지 않은 채로 베이글 가게와 가까워졌다. 다행히 가게 사장님이 다정하게 문을 열어줘 조금은 마음이 뭉그러졌다. 하지만 그의 안내가 처음이자 마지막 친절함이었다.

베이글을 기다리는 사람들 틈으로 들어가 단시간에 주문을 마쳐야 했다. 차례가 오기 전에 동체 시력과 청력을 온전히 가동하여 가게의 상황을 빠르게 파악했다. 베이글 종류도, 안에 들어가는 필링도 너무 다양했다. 무지개 베이글, 연어와 크림치즈 조합으로. 그리고 콜라 하나. 머릿속에서 가게 점원과 나 사이의 대화를 오가는 시나리오가 순식간에 완성됐다. 기계처럼 내쳐지는 주문들 사이에 태평하게 나의 주문을 껴 넣었다.

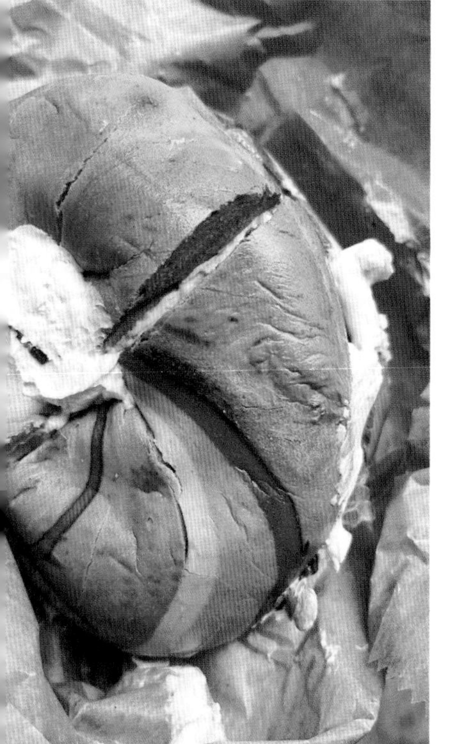

공장처럼 찍어내는 매장 속 내 이름이 걸린 베이글이 나왔다. 그런데… 콜라가 나오지 않았다. 가게 내에서 베이글을 먹고 있는 손님들이 모두 음료를 마시고 있는데 왜 콜라가 나오지 않았지? 물어봐야 하나? 하지만 애정 하나 깃들지 않은 동작과 버석버석한 눈빛으로 베이글을 만드는 이들에게 음료를 물어보기란 쉬이 간단한 일이 아니었다. 옆에 음료 냉장고가 있는데, 꺼내 먹어야 하나? 온갖 고민이 머릿속에서 스파크를 일으켰다. 질문을 던졌다간 가게의 모든 사람이 날 쳐다볼 것 같은 부담감이 닥쳐왔다. 나의 시나리오상 콜라와 베이글을 먹으면서 가게 한구석에서 추운 뉴욕을 조금 달래는 게 목표였는데… 결국 나는 가게를 덜컥 나와버렸다.

근처 편의점으로 들어가 콜라를 하나 새로 구매했다. 혹여나 내가 나갈 때 콜라를 가져가라고 소리치는 직원이 있을까 싶었지만, 베이글을 받은 손님은 유통기한이 지나버린 통조림과 비슷하다. 관심은 사치였다. 새로 온 손님을 맞이하는 것만으로도 틈이 없는 그들이었다. 한국 식당 정수기에 붙은 문구가 그리웠다. '물과 반찬은 셀프입니다'. 그 문구 하나라도 적혀 있다면 고민하지 않았을 텐데. 도대체 나는 누구에게 혼나고 있는 걸까. 시도 때도 없이 풀이 죽은 채로 이동했다. 길거리에서 베이글을 꺼내 먹을까 고민했지만 차마 먹을 수 없었다. 얼굴과 비슷한 크기의 커다란 베이글을 먹는 내 모습을 누가 본다면 너무 초라해 보일 것 같아 어디로든 숨고 싶었으니까.

한국에서 예약해 뒀던 록펠러 센터의 티켓을 받기 위해 꾸역꾸역 찾아낸 건물도 어딘가 음산한 분위기가 흘렀다. 온갖 범죄 영화들이 떠오르는 허술함이었다. 완공이 덜 된 듯한 엘리베이터에 회사 이름이 적혀 있는 것을 보고 나서야 안심했다. 덜컹거리는 엘리베이터와 다르게 회사 안은 차분하고 깔끔했다. 뉴욕을 놀러 온 한국인들이 티켓을 받거나 상품을 안내받고 있었다. 그들을 보자 커다란 고양이를 피해 아지트로 돌아온 쥐가 된 듯 편안했다. 티켓을 수령 후 자리를 잡고 앉아 베이글 반쪽을 먹기 시작했다. 양쪽을 모두 먹기엔 지나치게 커다랗고 부담스러운 크기였다. 차가워진 베이글은 입으로 들어갔으나 머리로 맛이 쉽게 입력되지 않았다. 연어와 크림치즈의 조합은 실패할 리가 없지만 글쎄, 내 혀끝은 감각을 찾지 못한 채 몇 번이고 헤매고 나서야 베이글을 받아들였다. 비싼 뉴욕의 물가에서 베이글 반쪽으로 배를 채울 수 있다면 괜찮지 않을까 행복 회로를 돌렸으나 얼마 가지 못했다.

억지로 배고픔을 달랜 후, MoMA로 향했다. 짧고 굵은 일정을 위해 도착한 첫날부터 바삐 움직여야 했다. 날씨가 얄궂어도 입장을 기다리는 사람은 많았다. 대기가 지루하지 않은 관광객들의 대화가 곳곳에서 들렸고, 내 입술은 굳게 닫힌 채 시끄러운 골목에서 침묵을 유지했다. 하필 뉴욕의 대낮은 한국의 잠든 새벽이었

다. 제기랄. 꿋꿋하게 보내던 혼자의 내공이 공허하게 터져버렸다. 외로움이 들통나지 않도록 농담을 나눌 수 있는 누군가가 있기를 간절히 바랐다. 하지만 아무도 듣지 못할 정도의 크기로 서러움이 담긴 언어를 내뱉는 게 전부였다.

MoMA는 뉴욕의 미술관다웠다. 건물이 커다란 이유를 설명하듯 곳곳에 작품이 넘쳤다. 지도로 본 곳을 지워가며 돌아다니지 않으면 길을 헤맬 정도였다. 하지만 결국 누구나 알 법한 작품들 앞에 사람이 몰려들었고, 작품들 앞에서 바쁜 셔터 소리가 울렸다.

미술관을 빙빙 돌아도 이상하게 모든 작품이 마음에 들어오지 않았다. 따뜻하고, 편안하고, 문제 될 것이 없음에도 나는 너무 지쳐버렸다. 얼른 관람을 '해결'하고 숙소로 들어가고 싶었다. 미술 작품들을 실컷 구경하고 난 후에 록펠러 센터에서 해 질 녘의 뉴욕을 구경해야 했지만, 이미 록펠러 센터는 머릿속에서 사라진 지 오래였다. 눅눅한 습기와 추위를 느낄 수 없는, 아직 한 번도 누워보지 못한 호텔의 침구가 너무나 그리웠다. 행복과 불행이 오가는 머릿속으로 작품을 억지로 욱여넣었다. 비참한 와중에도 찬란한 작품들은 목말라 있던 마음을 촉촉하게 적셨다. 내 모습이 비친 사진을 찍을 때 자연스럽게 브이를 하는 사람들의 재치, 통창 너머로 보이는 커다란 건물들의 전경도 아름답게 느껴졌으나 울적한 단어들 사이로 스며든 빛은 금방 흐릿해졌다. 만족스러웠으나 부족했다. 흘러넘치는 작품과 사람 사이를 피해 빠르게 도망쳤다. 뜨거운 물을 잔뜩 쏟아내는 샤워 부스가 간절했다. 그리고 달콤한 디저트로 위로받고 싶었다.

기온이 뚝 떨어진 마음을 데울 만큼 샤워를 마친 후, 뉴욕의 냉기에 상처가 갈라지지 않도록 흰 이불을 꽉 끌어안았다. 푹신한 이글루 안에서 한참 시간을 보내고 나서야 허겁지겁 사 왔던 매그놀리아 푸딩을 입에 넣었다. 부드러운 푸딩은 입안에 들어오자마자 순식간에 녹아내렸다. 달콤하고 사르르 한 맛은 창밖으로 보이는 겨울의 뉴욕을 토닥토닥 두드렸다. 부드러웠으나 미미했고, 뉴욕의 풍경은 회색빛이 점점 짙어졌다. 생기 없는 겨울이 창밖으로 뒹굴었다.

달콤하게만 들렸던 <Englishman in New York>의 Sting을 공감했다. 감미로운 목소리 뒤로 잊히던 가사가 가늘게 떨렸다. 공포의 뉴욕 속 자신을 잃지 않으려 했던 영국인의 포효였다. 나만 그런 게 아니구나. 이해와 슬픔이 분산되어 유리창에 맺혔다. 파리를 다녀온 친구들에게 파리를 물으면 항상 떨떠름한 표정을 지었던 것처럼 누군가 내게 뉴욕을 물어보면 혓바닥이 굳어버릴 것 같았다. 환대라곤 전혀 없는 냉담한 뉴욕이 지나치게 미웠다. 매정한 조명들이 과하게 울렁이는 도시가 낯선 시골 쥐는 뉴욕이 느껴지지 않는 숙소로 들어오고 나서야 비로소 마음껏 뉴욕을 욕할 수 있었다. 혼자에게 뉴욕은 너무나 과한 도시였다. 억척스러움을 나눌 어깨가 두 쪽으로는 부족했다. 여러 명의 어깨를 맞대어 고개를 높이 쳐들어야만 했다. <섹스 앤 더 시티>의 캐리 브래드쇼의 라이프는 본 투 비 뉴요커이자, 뉴요커 친구들이 있기 때문에 가능한 설정이었다.

실망으로 지친 뉴욕의 첫날이 어둑해지고, 한국의 아침이 천천히 시작됐다. 잠이 덜 깬 친구에게 뉴욕이 어떠냐는 메시지가 도착했다. 핸드폰 불빛을 가늘게 바라보고 있을 친구의 눈을 떠올리며 날카롭게 답했다. 뉴욕 최악이야.

New york & Boston #3

사랑의 재료는 피자 한 조각

첫날보다 혹독할 것이라 경고라도 하는 듯 커튼 너머의 뉴욕은 눈발이 휘날렸다. 초라한 전날의 모습이 떠올라 입술을 삐쭉 내밀며 친구에게 불만에 가득 담긴 메시지를 보냈다. 투덜거리는 텍스트 너머로 친구의 위로가 날아왔다.

'눈 오는 뉴욕에 로망 있는데.'

로망? 그런 건 한국에서나 즐겨야 해. 케빈이 즐겼던 초콜릿 가득한 디저트는 터무니없이 비싸고, 뉴욕의 싸라기눈은 작은 총알처럼 따갑거든. 마음 놓고 걸어 다닐 수 없는 보도에서 어떤 로망

을 키우겠어. 미움으로 가득해 사랑을 담는 그릇엔 공허의 소리가 요란하게 울렸다.

아주 오랜 시간 꿈꿔온 뉴욕이었다. 사계절의 뉴욕을 얼마나 흘끔거렸는가. 길거리에 서서 피자를 먹고, 최대한 넓은 보폭으로 거리를 휘젓고, 인터넷이 잘 터지지 않는 지하철을 타며 멍한 시간을 보내는 나를 종종 그려보곤 했다. 일주일이 채 되지 않는 뉴욕 여행을 빳빳하게 펴진 기억 없이 남길 순 없는 노릇이었다. 못난 점을 콕 짚으며 단점을 들여다보는 짓은 그만두고, 사랑을 준비해 아픔 대신 호감이 남는 도시로 만들어야 한다. 친구와 함께 하얀 빛의 뉴욕에 설레던 과거를 상기시키며 새로운 뉴욕을 탐색하기로 마음먹었다.

추위에 끄떡없는 옷차림으로 나서 미국 자연사 박물관으로 향했다. 지구의 역사가 한 개의 건물로 설명되는 곳이었다. 아주 오래전에 본 영화 <박물관이 살아있다>의 장면 몇 개를 힘겹게 떠올리며 박물관에서 친근한 존재들을 찾아냈다. 암석, 조각, 동물, 우주 등 다양한 분야를 들락거리며 내가 태어나기 한참 전의 이야기를 구경했다. 거대한 티라노사우루스 화석 앞에 모인 사람들 틈에서 저 멀리 잠을 쫓는 친구에게 전화를 걸어 박물관을 보여줬다. 마치 영화 <Her>의 주인공이 된 듯 작은 화면 하나만으로 감정을 나눴다. 좁은 화각으로 보이는 모든 세상이 새로운 듯, 친구는 장소가 바뀔 때마다 나만 들을 수 있는 감탄을 속삭였다. 목소리를 듣는 것만으로 조금씩 외로움이 떨어져 나갔다.

커다란 고래 모형을 밑에서 바라보며 나의 크기를 실감했다. 사람이 나타나기 전의 지구, 사람이 나타나고 나서의 지구가 겹치며

MOVIES
BETTER
amc
THEATRES
EMPIRE
TUSSAUDS
IT'SUGAR
DAVE & BUSTERS
Hilton
amc
DOLBY
IMAX
Ryder

고요한 고통과 더 가까워졌다. 터무니없이 작은 점들이 동그란 행성을 집어삼키고 있다는 사실에 불편한 감정이 일렁였다. 우주에서 보면 점보다 더 작은 점이 지구를 지배하는 모습을 보고 외계인들이 놀라 도망칠지도 모른다.

탐구의 시간을 거친 후, 뉴욕을 사랑할 수 있는 첫 번째 이유를 발견했다. 바로 피자와 콜라. 주린 배를 꽉 쥔 채로 조용해 보이는 피자 가게의 문을 열었다. 가게에 들어가자 커다란 피자들이 투명한 유리 뒤로 진열되어 있었다. 조명을 받아 먹음직스러운 기름기가 적당히 번들거렸다. 무난해 보이는 치킨 피자를 고르자 즉석에서 오븐에 데워진 피자를 건네받았다. 손바닥보다 훨씬 커다란 피자가 가까워지자, 일회용 그릇 밑으로 열기가 스쳤다.

피자 한 조각과 콜라 하나의 가격은 10달러가 조금 안 되는 금액이었다. 뉴욕 물가, 그렇게 나쁘지 않은데. 덜덜 떨던 엄마의 두 눈이 떠올랐다. 베이글의 굴욕으로 잠깐 멀리하고 싶었던 콜라지만, 여전히 맥주보다 콜라가 좋은 나는 꾸역꾸역 기포가 가득한 검은 액체를 골랐다. 계산 후에 직원이 똑같이 콜라를 주지 않아서 당연하다는 듯 음료 냉장고로 가 콜라를 꺼내 드는 비밀스러운 용기를 내보였다. 다행히 한적한 피자 가게에서 나를 무례한 손님으로 취급하는 이는 아무도 없었다. 문제는 내가 주문한 콜라가 병 콜라인지, 캔 콜라인지 가격을 몰라서 상대적으로 병보다 저렴한 캔 콜라를 선택했다. 그래도 전날보다는 스스로 발전했다며 다독였다.

한 여자가 앉아 있는 창가로 가 끝자리를 사수했다. 그녀의 왼손에는 핸드폰, 오른손에는 피자가 쥐어져 있었다. 바쁘게 통화하며 중간중간 피자를 먹는 모습이 한두 번 해 본 솜씨가 아니었다. 매장은 그녀 외에 목소리를 내는 사람 없이 각자 자기 피자와의 시간을 즐겼다. 개인의 크기를 확보한 시간들은 울타리가 되었고, 그 안에서 고요한 시선들이 창밖부터 피자까지 자유롭게 움직였다.

입안에서 얇고 바삭한 도우와 짭짤한 토마토소스가 어우러지면서 콧대 높은 미국의 피자 맛을 뽐내기 시작했다. 한식을 보고 감탄하던 미국인들이 '그래도 피자는… '이라는 말을 왜 덧붙였는지 알 법하다. 상대적으로 가격도 저렴하고, 맛도 무척이나 다양하다. 한국의 김밥 같은 존재라고 해야 할까. 우리는 김밥과 국물이라면, 그들은 피자와 콜라였다. 짭짤한 맛을 탄산이 싹 걷어가니 지겨움 없이 한 조각을 깔끔하게 해치웠다. 투박하지만 익숙한 맛은 뉴욕과 비슷했다. 야단스러울 정도로 화려한 뉴욕에서 1달러 피자가게가 거리를 잠식하고 있는 걸 보면 결국 뉴욕도 사람 사는 동네란 거다. 벌어졌던 틈으로 뉴욕을 향한 호감이 차오르면서 상처가 서서히 생채기처럼 옅어졌다. 창문에 흩날리는 눈발이 외로웠던 상처들 위로 포근하게 쌓였다. 눈비에 묻혀 꼭꼭 숨어 있던 복잡한 매력이 눈을 해치고 나와 환영 인사를 건넸다. 늦게 인사하네, 안녕. 뉴욕에 온 걸 환영해.

뉴욕에서 노래를 부르고 춤을 추는 사람들은 바삐 움직이는 사람들과 비슷한 대우를 받는다. 무엇 하나 우선시되는 것 없이 다급함과 여유, 삭막함과 리듬이 뒤섞인 거리가 뉴욕을 점령한다.

"It's sucks, but you're gonna love it."

사회 경험 없는 레이첼을 꽉 껴안으며 치열한 인생을 소개하는 <프렌즈> 모니카의 한 마디다. 그녀의 말은 레이첼을 넘어서 뉴욕을 처음 겪는 이들에게도 향해지는 과격한 격려처럼 들린다. 최악과 최애가 공존하는 도시. 내가 뉴욕에 제대로 도착했음을 실감했다.

피자로 배를 채운 후 다시 MoMA로 향했다. 전날 제대로 보지 못했던 작품들과 모네의 <수련>을 다시 보기 위해서다. 얼마나 정신없었는지 <별이 빛나는 밤에>를 보고 임무를 완수한 듯 나와 수련을 보지 못한 것을 호텔에서 깨달았다. 더 놓친 것이 없는지 구석구석 미술관을 탐색했다. 한 번의 만남으로 이미 익숙해진 것들에 더 깊게 다가가고, 놓쳤던 것들과 놓아줘야 했던 것들을 속속히 즐기는 오후를 보냈다. 빈백에 누워 명상실을 체험하고, 떠난 자들의 이름을 쓰다듬으며 그들의 명함이 되는 작품들로 언어가 빠진 대화를 나눴다. 굿즈 샵은 더욱더 꼼꼼하게. 교토 MoMA 매장에서 구매했던 장갑과 세트인 발라클라바를 구매해 뉴욕과 교토를 연결했다. 여행지 마그넷을 모으는 형제를 위해 뉴욕 하면 떠오르는 'I ♥ NY' 문구가 적힌 것도 하나. 근본이 가져다주는 멋스러움으로 뉴욕을 대표하기에 안성맞춤이었다.

오늘은 어땠어. 날카로운 답변으로 마무리됐던 메신저에 불이 들어왔다. 사실 그녀는 이미 알고 있었다. 뉴욕의 온갖 요소로 벅차올라 사진을 잔뜩 올린 나의 SNS를 확인한 후니까. 당연히 최고였지. 진짜 좋은 작품 많이 봤어. 피자도 정말로 맛있었어. 게시글로 확인된 뻔한 이야기들을 한 번 더 언급하며 솔직한 애정에 진심을 듬뿍 담았다.

나중에 꼭 같이 오자. 눈 오는 뉴욕에 낭만을 가진 네 덕분에 뉴욕을 사랑할 수 있었으니까. 여전히 로맨틱한 감정을 품고 있을 너와 함께 뉴욕을 방문한다면, 그때의 도시는 또 다른 모습으로 나를 반갑게 맞이할 것이다. 홀로 맛봤던 피자 한 조각이 두 조각이 되고, 한 장의 입장권이 두 장이 되면서 나의 뉴욕은 너와 나의 뉴욕으로 기쁘게 변질될 것이다. 그러니 꼭 같이 오자.

다정한 문장과 아름다운 작품들이 교차로 메신저를 오가면서 다음날의 뉴욕을 기다렸다. 아직 내가 맛보지 못한 뉴욕의 오감을 기대하며 피곤한 발이 가벼워졌고, 감탄으로 가득했던 하루를 형제에게 나눴다. 기억이 여러 방향으로 흩어지면서 비로소 완전한 추억으로 넘어갔다.

New york & Boston
#4

혼자 먹다 둘이 먹으면 더 좋은

집에서 10분도 안 되는 거리의 백화점을 습관처럼 들르곤 한다. 사물 공원이라도 되는 듯 산책을 위한 방문도 잦아 우리 가족에겐 가장 익숙한 공간 중 하나다.

그날도 특별한 것 없이 백화점 식품관을 거닐고 있었다. 누군가와 만날 약속도, 떠날 계획도 없는 채로 백화점을 서성거리다 문득 가족이 보고 싶다는 생각이 들었다. 아침까지도 인사를 나누고, 당장 뛰어가면 볼 수 있는 그들을 그냥 보고 싶었다. 나는 그때 생애 처음으로 '사랑한다'는 의미를 정확히 받아들일 수 있었다.

사랑이라는 개념은 너무 막연했다. 가족들을 가장 아끼지만 그들에게 느끼는 마음은 모호했다. 기억나는 순간 전부터 함께한 사람들은 습관처럼 당연한 존재가 되었고, 우리는 너무나 가까웠기에 집 밖에서 보여줄 수 없는 솔직하고 찌질한 면모를 공유하는 관계였다.

우산 밑에서 당신의 어깨가 젖어도 옆 사람은 절대로 젖지 말아야 한다는 태도, 손톱과 발톱을 꾸준히 깎아주는 버릇, 곤드레밥을 먹고 싶다는 말 한마디에 곤드레나물을 다발로 주문하는 행동은 지나치게 다정하다. 그러다가도 가볍게 던진 농담이 부메랑이 되어 사라지지 않는 흉터를 새기고, 서로를 밑바닥까지 갉아먹는다. 앙상해졌다가 또 하염없이 말랑해지기를 반복하며 관계에 당연함이라는 다리를 놓는다. 각자의 뻔뻔한 태도를 가족이기에 용인한다. 어릴 때 보던 만화에서는 사랑을 빨간색이나 분홍색으로 정의하던데, 가족의 사랑은 아무리 생각해도 알록달록한 무지개 색이나 오팔 색이 적절하다. 기쁨, 애환, 증오, 희생 등 온갖 마음이 담긴 복잡한 유기체다.

'익숙함에 속아 소중함을 잃지 말자'라는 말이 참 어울리는 관계. 싱가포르로 교환학생을 떠난 중에는 온갖 핑계를 대며 엄마

에게 영상통화를 매일 걸었다. 발소리만으로도 누구인지 구분되는 뻔한 그들의 일부를 자꾸만 그리워한 기간이었다. 한국에 있을 때보다 더 자주 이야기한다며 너스레를 떠는 모습마저도 보고 싶었다. 한국으로 돌아간 날, 말보단 깊은 포옹으로 그리움을 털어내고 싶었지만 전염병의 유행으로 그럴 수 없었고, 격리가 해제되자마자 엄마는 기다렸단 듯이 나를 꽉 껴안았다. 암묵적으로 우리의 포옹은 2주 전에 약속된 것이었으니까. 최대한 멀리 떨어지고 싶다가도 결국 서로의 방향으로 고개를 내미는 인연. 우리는 시소가 되어 한쪽으로 기울었다 수평이다가를 반복한다.

6일간의 뉴욕 여행 중 형제와의 일정은 하루뿐이었다. 형제의 출장에 내가 끼어들어 간 것이기 때문에 함께 보내는 시간이 짧았다. 그래도 우리는 틈만 나면 함께 식사하고, 서로의 사진을 찍어줬다. 형제는 내가 미국에 도착하기 전부터 '피터 루거'라는 스테이크 집을 예약한 상태였다.

"꼭 먹어보면 좋겠어."

실제로 고기를 사 먹는 편은 아니지만(되도록 지양하려 노력한다.) 비싼 고기를 사주는 건 아빠를 빼닮은 형제의 투박한 애정 표현이었다. 자기 기준에서 가장 큰 성의를 표하는 모습이 좋아 거절할 수 없었다. 밥을 먹고 나서는 미술관만 뻔질나게 드나드는 동

생을 위해 자신은 몇 번이고 가본 유명한 장소들로 나를 이끌었다. 카페 갈래? 덤보에서는 사진 찍어야지, 하이라인 걸어보러 가자. 내로라하는 명소들 속 평범한 관광객이 되더라도 애정이 깃든 일일 가이드의 동선은 새롭고 즐겁기만 했다. 어릴 때는 3분도 안 되는 등굣길을 함께 가는 게 싫어 나 몰래 훌쩍 떠나버리던 형제였는데 이제는 자연스럽게 나를 데리고 다닌다. 그럼 나는 쫄래쫄래 병아리처럼 계획도 생각도 없이 덥석 의지한다. 오랜 세월로 쌓인 비슷한 취향은 여행에서 빛을 발해 서로의 기호를 걱정할 필요가 없었다. 따라다니기만 하는 동생이 밉지도 않은지 형제는 꼼꼼히 세워둔 계획을 이행했다. 윗사람의 포용이란 저 정도의 크기여야 하는구나 싶었다.

첫 뉴욕은 예술과 관광을 모두 챙기느라 쉴 틈 없이 바쁜 여행이었다. 눈물 흘리던 첫날을 만회하기 위해 남은 시간을 무섭게 행군했다. 날이 선 바람은 매일 뉴욕을 헤집었고, 얼굴은 항상 바람에 긁혀 붉어져도 꿋꿋하게 움직였다. 비록 센트럴 파크를 뛰겠다는 계획은 처참하게 무너졌지만, 오히려 이루지 못한 것이 많기에 다음을 기약하는 게 당연한 여행이 되었다. 천천히 적응한 뉴욕을 즐기며 뉴저지, 맨해튼, 브루클린까지 무수히 많은 발자국을 찍었다.

움츠렸던 어깨는 서서히 평평해져 뉴요커처럼 외로움을 즐기게 되었지만, 나는 형제와 함께했던 뉴욕의 하루가 가장 선명하게 남았다. 둘이라 나눌 수 있던 대화, 접시와 칼이 부딪치는 소리, 삐그덕거리는 다리 속 겁먹은 목소리가 바람에 부서지던 순간, 밀도 높은 차이나타운에서 버블티를 진하게 빨아 마시던 여유가 차갑던 뉴욕을 따스하게 채웠다. 일정을 마무리하고 뉴저지 마트에서 구매한 닭고기는 오래전 샌디에이고에서 맛봤던 닭고기와 비슷했고, 같은 과거를 공유하며 우리가 가족임을 실감할 수 있는 저녁이었다. 이제는 차원이 다르게 느껴질 정도로 멀어진 20년 전

서부의 기억이 가족이라는 굵은 관계로 끈끈하게 이어졌다.

혼자가 아름다웠기에 나란히 걷는 뉴욕은 눈이 부셨다. 다시는 찍지 못할 순간들을 기록하면서도 자꾸만 사랑하는 사람들을 보고 싶었다. 새로운 세상에 눈을 떼지 못하는 이들과, 시시껄렁한 나의 농담에 동조하며 끝도 없이 이야기를 쌓아갈 친구들이 군데군데 돋아났다. 둘, 셋이 된 뉴욕은 더욱더 많은 일을 벌일 수 있을 것이다. 더 열정적으로 가던 길을 멈춰 구경하고, 숨 쉬듯이 먹으며 열기로 가득한 여행이 될 것임을 확신했다. 시시껄렁한 하루를 보내도 그 나름의 의미를 찾는 동반자와 다시 올게. 외로웠지만, 외로웠기에 더욱더 미련이 남는 도시에 약속했다.

아디오스, 뉴욕. 다사다난하고 복잡했던 곳을 떠올리니 페리 위에서 듬뿍 맞던 겨울바람이 떠올라 몸이 차가워진다. 하지만 추위만큼 선명했던 자유의 여신상과 파란 하늘 밑으로 함박웃음을 짓는 내 사진이 온기가 된다. 단수이기에 복수의 아름다움을 알려준 뉴욕. 다음은 그 아름다움을 더욱더 진득하게 누리고 말 것이다.

New york & Boston #5

뜻밖의 기회와 조용한 고민

여행에 반 정도 접어들자, 특별한 날과 평범한 날이 적절히 섞이면서 보스턴에서의 균형이 얼추 맞춰졌다. 새벽형 인간이라 보스턴에서도 이른 시간에 기상하는 걸 선호했는데, 어떤 스케줄을 진행하더라도 글 쓰는 습관은 잊고 싶지 않아 노트북을 펼칠 시간을 확보해야 했다. 가능하면 운동도 빼먹지 않았다. 지난 일본 여행이 어찌나 맛있었는지 그렇게 돌아다녔는데도 3kg을 찌워버려 미국에서만큼은 본래의 나와 너무 떨어지지 않길 바랐다. 글력과 근력. 그 두 개를 최대한 챙기기 위한 수련은 계속됐다.

보스턴의 반으로부터 약 두 달 전, 난 한 회사의 면접을 봤다. 그리고 오사카와 보스턴 사이에 결과가 도착했다. 지금 당장 함께하기는 힘들지만 나중에 기회가 될 때 다시 연락해도 되냐는 답변이었다. 조심스럽지만 끝까지 배려한 마음이 좋아 기꺼이 그러라 답했다. 그냥 지나갈 수 있는 관계에서 고민한 성의를 무시할 순 없었다.

그러나 그 연락은 단편적인 만남을 위한 겉치레가 아니었다. 보스턴은 저녁, 한국은 이제 막 근무를 시작하는 시간에 모르는 프로필 속의 누군가로부터 메시지가 도착했다. 한국에 있는 것 같지 않아 부득이하게 메신저로 연락한다며, 출근이 가능한지 물었다. 막연한 연락을 약속했던 회사였다.

덜컥 들이밀어진 소식에 나는 생각할 시간을 달라 부탁했다. 나에게 주어진 시간은 하루. 내가 들어가더라도 여행이 끝난 후부터 가능하다 보니 넉넉한 시간을 받을 수 없는 상황이었다. 이불을 턱 끝까지 올린 후 여러 가지 선택지를 떠올리다 잠들었고, 아침에 눈을 뜨자마자 고민으로 가득 찬 하루가 시작됐다.

연락을 받기 직전, 나는 죽이 되든 밥이 되든 무작정 글로 부딪혀 보고 싶었다. 그만큼 글이 간절했고, 조금이라도 무모한 용기가 남아 있을 때 과감하게 굴어야 한다고 믿었다. 하지만 동시에 경제적인 면을 아예 무시할 수도 없었다. 지금 당장 더 여유로운 경비가 필요한 상황이었고, 돌아가서는 즐거웠던 업보를 천천히 청산해야 했다. 완전히 궁핍한 건 아니지만, 돈이 있다면 유리한 건 분명했다.

형제에게 친구와 오랜만에 전화할 거라 넌지시 이야기를 던진 후 1층으로 내려갔다. 약 10시간 전에 발생한 고민을 알고 있는 사람은 친구 한 명뿐이었다. 보스턴의 시간과 한국의 시간을 무시할 만큼 중대 사항이었다. 한국은 새벽임에도 불구하고 귀를 쫑긋 세워 들어줄 수 있는 사람이 있어 천만다행이라 생각했다.

1층은 빌라에 사는 누구든지 자유롭게 이용할 수 있는 공간이 마련되어 있었다. 몇 개의 소파와 테이블 사이로 사람들이 돌아다닐 만큼 거리가 확보되어 있고, 벽 한 가운데에 켜진 모습을 본 적 없는 텔레비전이 자리를 차지했다. 누군가는 가족들을 피해 테이블에 앉아 회사와 화상 회의를 진행하고 있었다.

친구라는 관계로 나와 오랜 세월을 쌓아온 D는 언제나 나의 고민을 자신의 상황처럼 진지하게 들어주곤 했다. 하지만 비슷한 인생을 살아온 우리는 둘 다 한 번도 회사에 들어가 본 적이 없는 순도 높은 프리랜서였다. 과연 회사에 들어간다면 잘 적응할 수 있을까? 자신감 반, 걱정 반이었다. 눈치가 없거나 시간 약속

을 못 지키는 편도 아니니 회사에서 제구실은 할 수 있으리라 짐작했지만, 왕복 3시간의 통근, 그리고 나아가고자 하는 방향과 조금은 다른 직무에 덫이 물렸다. 결국은 모든 것이 도움이 되었던 지난날의 실패를 바탕으로 믿어볼 것인지, 절박한 상황에서 글에 집착하듯 매달릴 것인지가 문제였다. 8시간의 근무와 3시간의 통근으로 채워진 하루에 글의 자리를 만들 자신이 쉽사리 생기지 못했다. 안락함에 익숙해져 간절함이 사라질까 솔직히 두려웠다.

"이것도 하다 보면 적응되더라."

D는 진행 중인 프로젝트 때문에 달에 서너 번은 꼬박 6시간의 거리를 이동하며 지내고 있었다. 24시간 중 4분의 1이 되는 시간을 주기적으로 소모해야 하는 건 너무 피곤한 일이나 하고 싶은 일을 위해서라면 기꺼이 먼 거리를 움직이는 아이였다.

문득 D에 비해 내가 너무 겁먹고 있는 건 아닐지 생각했다. 돈은 필요하고, 일을 시작해서 손해 볼 것도 없다면 오로지 내 의지의 문제다. 스스로 질문을 던졌다. 앞으로 평생 하고 싶을 만큼 간절하다면, 어떤 상황이 닥치더라도 해야 하는 거 아닐까? 아무리 피곤하더라도, 얼마 없는 시간을 구석구석 찾아가며 모니터 앞에 앉아야 한다. 한 줄이라도, 한 문장이라도 적어 꿈에 더 가까이 다가가도록 계단을 쌓는 게 당연하지 않나. 몇십 권의 자기 계발 서적들이 머리를 스쳐 지나갔다. 이런 순간을 위해서 그렇게 찾아 읽었잖아. 독해져야 해.

결국 오랜 통화 속 두 개의 뇌를 맞부딪혀 출근하자는 결론에 도달했다. 하자. 못 할 거 없다. 언제 어디서나 쓸 수 있는 건 글이고, 아무것도 준비된 게 없어도 떠오르는 게 생각이다. 겪어보지 않는 이상 얼마나 최악인지는 알 수 없다. 딱 한 번만 시도해 보기로 다짐했다. 최선을 다할 거지만 이 회사가 내 처음이자 마지막 회사라는 걸 직감했다. 그래도 모르니까. 혹시, 설마 같은 확정성 없는 단어들과 부모님의 말씀을 믿고 새로운 도전을 마주해 보자.

조용히 입사 의사를 밝힌 후 며칠이 흘렀다. 가족들에게는 언제 이야기할지 조금씩 눈치를 봤다. 가족들은 내 생각도, 내 상황도 아무것도 몰랐다. 핸드폰 너머로 걱정과 한숨이 적절히 섞인 엄마의 목소리가 낮게 울렸다.

"이제 회사에도 들어가고 그래야…."

"면접 봤던 곳에서 연락이 와서 출근하기로 했어요."

엄마의 어떤 걱정에도 아무런 말이 없던 내가 갑작스럽게 대꾸하자 한동안 정적이 흘렀다. 가족들은 문장의 의미를 파악하자, 표정과 목소리가 빠르게 밝아졌다. 조금씩 닮은 3명의 얼굴에서

비슷한 감정이 보였다. 나를 제외한 셋이 기쁨의 바다로 뛰어들었다. 안락한 생활, 편안한 회사, 규칙적인 급여가 최고인 가족들이었다. 매일 불규칙의 전쟁을 오가던 자식이 드디어 회사에 들어갔다. 드디어 얘가 정신을 차렸다. 청개구리가 드디어 남들과 비슷해졌다. 따뜻한 축하 속 날카로운 속뜻이 숨은 채로 고막을 건드렸다. 형제는 벌떡 일어나 내 볼을 양손으로 마구 비볐다.

"아휴, 장해 죽겠어."

소리와 색상을 잃어버린 파티 속 주인공이 되어 그들을 바라봤다. 팡파르를 터뜨리며 축하의 언어가 오가지만, 모든 것은 내게 도착하지 않았고, 나는 여행 뒤의 삶을 생각하느라 바빴다. 가물가물한 회사의 공간을 최대한 구체적으로 떠올리며 그 속에 나라는 스티커를 얹어봤다. 혼자만 다른 질감에 계속해서 반문한다. 이게 맞나? 수많은 상황을 굴려보지만 뭔가 어색하다. 제대로 맞는 게 하나 없이 삐거덕거렸다. 친구들은 내가 회사에 들어갔다는 사실에 깜짝 놀라는데, 왜 가장 가까운 이들은 내게 꼭 맞을 거라 판단할까. 사랑하는 사람들이 기뻐하는 모습을 보니 희미하게 미소를 지어보지만, 환하게 잇몸을 드러내기는 어려웠다.

말을 꺼내기 전으로 돌아가 조용한 곳에서, 카페나 도서관에서 글을 쓰고 싶었다. 다닥다닥 두드리는 키보드 소리가 오로지 내

의지에서 자라난 소리임에 위로받으며 여행의 끝을 끄적이길 바랐다. 결심, 용기, 걱정 등 단단하게 자리 잡은 거무죽죽한 얼룩이 거슬렸다. 나 정말로 잘할 수 있을까. 33일의 끝이 두렵게 다가오고 있었다.

New york & Boston
#6

둘이라 좋긴 한데

축축이 젖은 머리를 몽땅 넘긴 채로 미용실의 거울을 바라보고 있으면, 두꺼운 입술이 가장 눈에 띈다. 그리고 입술은 나와 형제가 가장 닮은 부분이다. 엄마와 아빠보다도 나와 비슷하게 생긴 사람을 보고 있으면 부정할 수 없음에 미미한 불만으로 접힌 주름이 얼굴을 장식한다. 아무래도 형제를 닮았다는 말은 본능적으로 거부하게 되는 구석이 있다.

친한 동기는 형제의 스펙을 듣고 연애 프로그램에 나갈 것을 권유했다. 인터넷에서만 보던 스펙이라며 신기하단다. 지나치게 솔직한 상태로 마주한 시간이 훨씬 많기 때문에 가끔은 객관성을 위해 조금 거리를 둔 채로 반듯하고 깔끔한 모습일 때의 형제를 상상한다. 솔직히 형제는 어디에 내놓아도 부끄러울 게 없는 사람이 맞다.(반대로 날 그렇게 생각하는지는 별로 알고 싶지 않다.) 나도 모르게 내 안에서 형제를 자랑스러워하는 마음이 꿈틀거린다. 그래도 절대로 입 밖으로 내뱉지 않는다. 콧대 높아진 모습이 궁금하지 않기 때문이다.

나와 가까운 사람 중 가장 비슷하게 생긴 사람이지만, 우리는 끝과 끝이다. 같은 다리에서 나고 자랐다는 사실을 간신히 얼굴로 받아들인다. 수학에 매달리던 형제와 예술에 매달리던 나는 어릴 때부터 달랐다.

"할 수 있는 게 없어서 공부했지."

누가 들으면 재수 없다 찡그릴 표현이지만, 형제를 설명하기에 적합한 문장 중 하나다. 형제는 아무리 팔이 안쪽으로 굽어도 예체능에 재능이 있다고 정의할 수 있는 사람은 아니었다. 반면에 나는 제법 할 수 있는 게 너무 많아서 문제였다. 어느 걸 해도 중간은 하는 사람이라 이것저것 시도하는 일이 어릴 적부터 많았다. 형제나 나나 각자의 장단점이 있다. 나는 그만큼 관심을 여러 분야에 두느라 야트막한 연못 하나 만들기가 어려웠고, 형제는 아

DO NOT
ENTER

주 깊은 우물을 꾸준히 파고 있다.

형제의 회사는 재택과 출근이 자유로워 그는 어디서든지 노트북을 들고 다니며 일했다. 일하지 않을 때도 일 생각을 했다. 24시간 방향이 하나로 쏠려 있는 모습을 보니 성공할 만했다. 이성적이고 차분하게, 그리고 현실적으로 자신이 나아갈 방향을 고민했다. 일하다가도 15%는 언제나 다른 세상을 창조하고 있는 나와 뇌 구조부터 본질적으로 다르다. 가끔은 나랑 닮은 로봇이 아닐지 의심한 적도 있는데, 집에 누워 있는 모습을 보면 사람이긴 한 것 같다.

존경할 부분이 많음이 확실하지만 사랑하는 사람 중 가장 다른 사람이라 나는 되도록 형제와 깊은 대화는 피하려고 한다. 몇 번의 충돌 끝에 마주칠 상황을 만들지 않는 게 정답이란 걸 배웠다. 소중한 관계를 오래 유지하기 위해선 가끔은 꼭 피해야 할 주제들이 존재한다. 그리고 형제와 나 사이에는 그런 주제들이 적지 않다.

"처음 만난 사람한테 너를 어떤 사람이라고 소개할 거야?"

하지만 간혹 피할 수 없는 순간들이 존재한다. 나와는 다른 결로 생각이 많은 그는 내게 갑작스러운 물음표를 던지곤 한다. 그러면 우리는 벅찬 숨을 내쉬면서 부메랑을 주고받는다. 엮어지지 않는 것들을 순식간에 쌓아가는데, 방바닥에 드러누워 있던 보스턴의 하루도 그랬다. 추상적인 질문은 나 같은 사람을 아주 깊은 수렁에 빠져들게 했다. 하지만 내 침묵의 시간이 끝나기도 전에 예상치 못한 말이 나를 건져냈다.

“나는 내 직업, 그리고 이 분야에서 어떤 성취를 이루고 싶은지 이야기할 거야.”

“근데 그건 나를 소개하는 게 아니라, 내 일을 소개하는 거 아니야?”

“그럼 너는 뭐라고 할 건데?”

“나는 어떤 삶을 지향하는지 이야기할 것 같은데.”

아뿔싸. 대답을 듣고 형제의 표정이 굳어졌다. 우리는 각자의 대답을 예측하는 데 실패한 것이다. 그러면 애초에 질문이 잘못됐잖아. 나한테 그렇게 물어보면 안 되지. 무슨 일을 하는지, 일에서 어떤 목표가 있는지 물어봤어야지. 지금 질문은 내 인생관을 뚫는 질문이라고 봐도 무방하다고. 혓바닥까지 수많은 항변이 차올랐지만 소리의 형태로 내뱉을 수 없었다. 이걸 뱉는 순간 나른한 집안의 기온이 수직 낙하할 것임을 직감했기 때문이다. 오류와 의문의 기호들로 가득한 그의 표정을 잠자코 바라봤다. 대답 없는 내게 그는 도발적으로 솔직한 마음을 꺼냈다.

"첫 만남에 너처럼 소개하면 나는 정말로 한심하다고 생각할 것 같아."

"그럼 내가 한심하다는 거 아니야?"

물음표의 개수가 기하급수적으로 많아지면서 내 생각의 사분면이 찌그러졌다. 이건 나를 향한 공격의 태세가 아닌가? 느닷없이 찾아온 전쟁 선포를 나는 무난하게 넘어가야 하나. 오랜 시간 피해 온 싸움은 그만큼 아주 큰 파국을 맞이할 잠재력이 숨어 있다. 그러나 여기는 보스턴. 자칫 나만 곤란해진다. 이걸 어떻게 받아들여야 해.

"아니야, 그런 건 아니지. 내가 널 왜 한심하게 생각해."

형제의 대답은 가족이라 이렇게도 다른 너를 '이해'한다는 노력이 꽂혀 있었다. 그럼, 우리가 가족이 아니었다면 내 표정을 형제가 읽지 못하도록 최대한 감정을 덜어낸 표정을 보였다. 아무것도 접힐 게 없는 관계가 되었을 때의 우리를 가정한다. 어쩌면 나는 형제와 상종도 할 수 없는 관계였을지 모른다. 이미 본능적으로 맞지 않을 걸 알아서 첫 만남이고 뭐고 멀리서 후퇴하는 사이일 수도 있다. '우리'라는 단어가 다시는 내 입에 담기지 않을지 모르지. 그래서 우리가 가족인 걸까. 너무나 다른 개개인을 억지로라도 받아들이라고 삼신할머니가 미션을 준 걸지도 몰라.

오랜 추억 속 사랑과 전쟁을 지속하며 굳건해졌을지 몰라도 여전히 넘어야 할 산은 많았다. '어떻게 저렇게 생각하지'가 각자의 뉘앙스로 장식되어 뇌 속을 지배했다. 생각은 다르지만 성향은 비슷해 둘 다 지독하게 완고하다. 우리는 정말로 다르고 비슷하구나. 어휴. 나도 모르게 온몸 곳곳에 힘이 들어가지만 한 번 더 참

는다. 가족이니까. 형제니까.

"아이스크림 먹자."

하지만 자주 싸운 만큼 노련하게 피하는 것도 오래전에 능숙해졌다. 어차피 싸워서 다시 화해할 거, 애초에 열 올려서 뭐 하겠나. 대화의 불씨는 체념과 형태가 닮았다. 얼른 아이스크림 집으로 가자. 거기 솔티드 카라멜이 제일 맛있더라. 직원이 추천해 줬던 맛은 별로였어. 주름진 뇌를 조금은 탱탱하게 만들고 근심 없는 표정을 지으며 신발을 꺾어 신었다. 아이스크림이라는 말에 형제의 침묵도 빠르게 사그라든다. 그래, 지금의 처방전은 차갑고 달콤한 아이스크림이다. 노곤한 눈꺼풀을 매섭게 뜨지 말고 부드럽고 쫀득한 맛에만 집중하자. 지금은 딱, 시끌벅적한 대화보단 달짝지근한 침묵이 더 어울린다. 서로가 좋아하는 맛을 한 통에 나눠 담아 빠르게 집으로 돌아온다. 두꺼운 입술을 가진 두 개의 입은 작은 숟가락에 퍼진 아이스크림을 넣느라 바쁘다. 변한 것 없이 포근한 온기와 느지막한 겨울의 햇빛이 거실에 기다랗게 담긴다. 우리는 지나치게 복잡하지만 단순한 것들로 순식간에 넘어갈 수 있어서 다행이야. 함께라 참 좋지만, 함께라 참 어렵다.

New york & Boston
#7

달달하고 짭짤한 치즈

의도치 않게 아시아 국가로만 여행을 다닌 세월이 긴 편이다. 그러다 오랜만에 당도한 미국은 근래 방문한 국가들과 확연히 달랐다. 아기자기하고 다닥다닥 붙어 있는 것들을 사랑하는 문화와 달리 끝을 보기가 어려운 방대함이 흐르는 곳이다. 뉴욕 거리 한복판에서 트럼프 빌딩을 발견하고 고개를 들었을 때는 22세기처럼 아득하고 비현실적인 건물들이 잔뜩 날을 세우고 있었다. 목을 최대로 꺾어야 끝이 보이던 건물들은 뾰족한 도형들의 총체가 되어 날카로운 것을 볼 때마다 뉴욕을 떠올리게 만든다.

띄엄띄엄 끊어진 어릴 적 샌디에이고에선 우연히 들어간 햄버거 가게의 콜라에 깜짝 놀라기도 했다. 대용량 카페에서 가장 큰 사이즈로 주문한 듯한 콜라가 테이블에 올려져 있었고, 손님은 당연한 듯 거대한 잔을 거침없이 들이켰다. 콜라를 들기에 내 두 손은 턱없이 모자라 보였다. 엄마의 옷깃을 잡으면서 소곤거렸다.

"엄마, 저 사람 콜라가 너무 커요."

커다란 것들 사이엔 꽉 들어찬 비주얼의 디저트들도 줄을 지었다. 크기에 겁을 먹던 어릴 때와는 다르게 이번 여행에서는 큼직한 디저트들 덕분에 속으로 노래를 부른 일이 잦았다. 여행 내내 접했던 디저트 중에서 가장 마음에 들었던 두 가지를 소개한다.

미국 TV 시리즈부터 시작해서 온갖 노래의 주인공이 되는 뉴욕. Jay Z의 노래를 들으며 '콘크리트 정글'을 수도 없이 상상했다. 거리를 돌아다니면 엠앤엠즈(M&M's) 스토어, 그리고 흔히 알려진 매그놀리아 바나나 푸딩과 르뱅 쿠키가 곳곳에 있다. 하지만 나는 이것들보단 조금 덜 유명하지만 디저트 케이크계의 근본이라 생각하는(개인적인 의견이다.) 뉴욕 치즈케이크를 이야기하고 싶다.

<Junior's Bakery>의 치즈케이크는 무턱대고 뉴욕 치즈케이크를 먹고 싶어서 찾아간 가게였다. 나는 어릴 때부터 치즈가 들어

간 디저트를 무척 좋아했다. 허니브레드, 브라우니, 그리고 치즈케이크는 디저트가 유행하기 전부터 카페의 터줏대감이었다. 같은 공장에서 데리고 오는 듯 어느 카페에서 먹어도 치즈케이크의 맛은 항상 똑같았는데, 그 뻔함이 좋았다. 지금은 다양한 치즈케이크가 진열되고 있지만, 그 당시 치즈케이크라면 더 돌아볼 것도 없이 뉴욕 치즈케이크 하나뿐이었다. 포크로 케이크를 조금 떼어내면 거품이 일듯이 부서진 덩어리들의 잘린 단면으로 올라오는 꾸덕꾸덕한 질감이 일반 케이크와는 다르다는 자부심처럼 느껴졌다. 단단한 힘은 맛으로도 이어져 혓바닥에도 진한 여운을 오래 남기곤 했다. 그래서 간혹 '뉴욕 치즈케이크'를 콕 집어 찾아 먹을 때도 있다.

여전히 비가 많이 내리던 뉴욕의 어느 날, 나는 숙소로 돌아가는 길에 주니어스 베이커리를 발견하고 무작정 들어갔다. 수많은 사람이 치즈케이크가 아닌 식당에 자리가 나기를 기다리고 있었다. 치즈케이크를 테이크아웃할 사람들이라면 굳이 대기할 필요 없이 케이크 진열대로 가 따로 주문하면 된다. 나는 처음에 케이크 줄인지 식사 줄인지 구분할 수가 없어 이리저리 상황을 파악한 후에야 진열대로 향했다.

치즈케이크는 아무것도 올라가지 않은 클래식부터 각종 필링이 곁들어진 메뉴까지 다양하다. 나는 가장 기본 메뉴와 딸기시럽이 올라간 메뉴를 주문했는데, 개인적으로 클래식을 꼭 먹어보길 추천한다. 대부분 클래식에 부가적인 메뉴가 추가되는 것이고, 토핑 때문에 도리어 치즈케이크의 맛을 해칠 수 있다. 자고로 치즈케이크라면 그 풍미를 온전히 즐길 수 있어야 한다. Classic is the best. 이 명언은 치즈케이크에서도 통용되는 아주 중요한 말이다. 여러 가지를 곁들여서 맛을 즐기는 건 다른 음식에서 충분히 충족할 수 있으니 기본 치즈케이크를 먹어보기를. 식사의 줄도 긴 것을 보니 다른 음식도 나쁘지 않을 거라 예상한다.

주니어스 베이커리의 치즈케이크는 정말 말 그대로 '뉴욕 치즈케이크'의 정수다. 한 입 넣으면 단맛과 치즈의 풍미가 한꺼번에 들어와 단짠을 100% 충족시킨다. 특히나 풍미가 진한 편이라 입 안에서 오래도록 맛이 맴돈다. 살벌한 뉴욕의 물가지만 한국에서 판매하는 치즈케이크 조각보다 1.3~1.5배 정도 크기 때문에 그럭저럭 가성비가 나쁜 편도 아니다. 모든 일정을 마무리하고 숙소로 돌아갈 때 한 조각 포장하기 아주 좋다. 음료에도 잘 어울려 술과 함께 치즈 조각처럼 먹다 보면 진득한 뉴욕의 밤을 완성할 수 있다. 혼자라면 미드 <프렌즈>나 <브루클린 99>를 시청하며 즐기는 것을 추천하고, 누군가와 함께라면 여행을 다시 회상하며 아름다운 추억을 재조립하는 시간을 가져보자. 오감을 뉴욕으로 채우는 밤이 될 것이다.

보스턴의 디저트 하면 가장 먼저 떠올리는 건 카놀리다. 카놀리는 원래 이탈리아 디저트지만 나는 보스턴에서 처음 마주했다. 디저트를 좋아하는 내 취향을 존중해 형제가 특별히 보스턴에서 유명한 디저트 집을 데려갔고, 그곳이 바로 <Mike's Pasty>다. 카놀리는 튜브 모양의 빵을 튀기고 그 사이에 치즈와 크림을 섞은 필링이 들어간다. 뉴욕의 치즈케이크와는 또 다른 산뜻한 리코타 치즈를 즐길 수 있다. 훨씬 덜 느끼하며 크림에 가까운 편이라 치

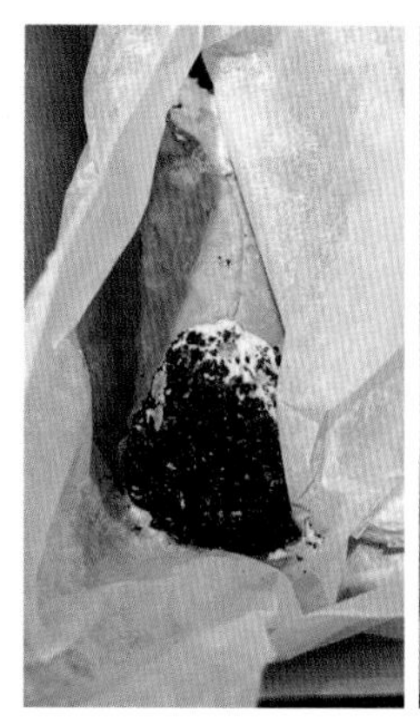 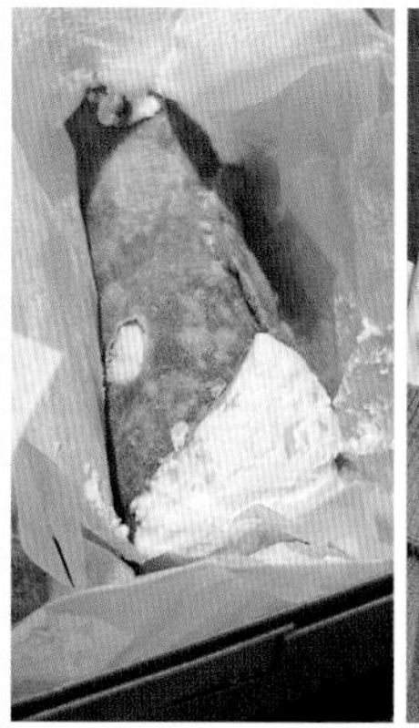 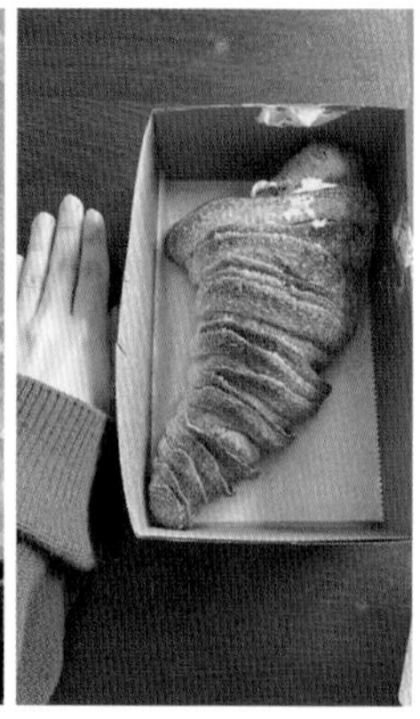

즈를 어려워하는 사람들도 도전해 볼 만한 디저트다. 만 원 정도라 디저트 치고 가격대가 있지만, 그만큼 묵직하기 때문에 보스턴에 왔다면 한 번은 시도해 보는 것을 추천한다.

보스턴은 사실 도넛이 유명하다. 유명한 도넛 가게도 많을뿐더러, 가장 유명한 브랜드인 던킨도너츠의 본고장도 보스턴이다. 그래서 곳곳에 도넛 가게들을 쉽게 볼 수 있지만 안타깝게도 도넛은 아주 오래전부터 내 취향이었던 적이 없다.(그래도 보스턴에서 먹었던 도넛들이 가장 맛있긴 했다.) 나의 지인이 보스턴에서 디저트를 추천해 달라 요청한다면, 나는 도넛 대신 카놀리를 이야기할 것이다. 보스턴 내에 매장이 많은 편은 아니지만 노스 엔드 지점은 관광객이 많이 방문하는 대표 지점이다. 하지만 이 지점은 현금만 받고 있으니 꼭 현금을 챙겨가야 한다.(카드가 가능한 지점도 있다.) 가게 근처에 관광객들이 카놀리를 들고 돌아다니는 걸 볼 수 있어 찾는데 어렵지 않다.

카놀리 외에도 여러 종류의 디저트를 판매하나, 가장 기본인 카놀리부터 크기가 심상치 않기 때문에 여러 명이 함께 가는 걸 추천한다. 한 명이 여러 메뉴를 소화하기에는 다소 무리가 있다. 또한 카놀리는 가장 기본 메뉴 말고도 여러 가지 토핑을 곁들일 수 있다. 기본에 오레오가 곁들어진 메뉴를 시도해 봤지만, 역시나 카놀리도 기본이 가장 훌륭했다. 꼭 기본 메뉴부터 먹어본 후에 다른 메뉴를 시도하길 추천한다. 카놀리 외에도 Lobster tail이라는 랍스터 꼬리같이 생긴 메뉴도 골라봤으나 딱딱한 카놀리 도우와 달리 이 메뉴는 안의 크림 때문에 시간이 지날수록 빵이 눅눅해졌다. 카놀리가 매력적인 이유는 딱딱한 도우와 부드러운 크림이 충돌되는 식감 때문이다. 바삭한 도우를 베어 물면 그 사이로 크림 덩어리가 입으로 쑥 들어와 마치 두꺼운 시리얼을 크림에 뿌려 먹는 것처럼 식감의 변주를 즐길 수 있다. 그러니 촉촉한 빵은 추천하지 않는다. 먹고 싶다면 되도록 그 자리에서 바로 먹길 바란다.

혼자서 여유롭게 디저트 메뉴를 즐기는 것도 좋지만, 종류와 수가 넘치는 진열대를 볼 때마다 누군가와 함께 오고 싶다는 아쉬움이 들었다. 하물며 내 형제는 디저트를 좋아하는 편이 아니라 이번 여행에서는 상당히 자제하는 시간을 보냈는데, 한국으로 돌아오니 그냥 눈 딱 감고 더 먹어버릴 걸 후회했다. 여행에서 마음에 드는 걸 마주한다면 최대한 마음껏 경험해 보는 게 맞다. 미련이 남아 몇 번이나 가슴 치며 사진만 바라볼 수 있으니 후회 없이 즐기고 돌아오자.

New york & Boston
#8

지구 속 두 가지 예술

형제가 사는 건물 엘리베이터에는 매달 보스턴에서 개최하는 행사에 관한 홍보지와 주민의 반려동물을 소개하는 종이가 붙어 있었다. 수십 개의 문 너머로 살고 있는 사람들이지만 결국 한 건물에 있는 이웃이라는 걸 알게 해주는 지표들이었다. 보스턴의 생활을 보내면서 뉴버리 스트리트나 MFA(Museum of Fine Arts), 보스턴 공공 도서관(Boston Public Library), 하버드, 노스 엔드 등 다양한 곳을 방문했다. 형제가 사는 곳은 정확히는 케임브리지라 보스턴과 다리를 사이에 둔 곳이었다. 나는 매일 다리를 건너며 동부의 끝나가는 겨울을 마음껏 즐겼다. 약 3주간의 생활은 다녀온 곳을 다시 갈 기회와 아무것도 하지 않을 여유가 존재했다. 어느 날은 방에 드러누워 창문으로 쏟아지는 햇빛을 즐기며 낮잠을 자고, 어느 날은 다리와 다리 사이를 뛰어다니는 러너들과 시간을 보냈다. 보스턴에서 일상을 쌓는 사람들과 비슷한 삶을 살아갈 때마다 여행의 경계가 무너지고 친밀감이 쌓였다.

여행이 서서히 끝나갈 무렵, 새로운 곳을 가고 싶었을 때 엘리베이터 홍보지에서 발견했던 '이사벨라 스튜어트 가드너(Isabella Stewart Gardner)'가 떠올랐다. 홍보지에는 이름과 행사 일정만 적혀 있던 터라 무엇을 하는 공간인지 알 수 없었다. 지도 앱에 검색해 보니 아름다운 정원 사진이 가득해 식물원인가 싶어 찾아갔다. 이

미 보스턴을 터전으로 삼고 있는 형제도 가본 적 없는 미지의 공간이었다. 이제껏 한 번도 지나쳐 본 적 없던 한 시간 반의 길을 걸어 은은한 개성을 내뿜는 건물 앞에 도착했다.

막상 방문하니 이곳은 미술관이었다. 건물 한가운데가 아름다운 정원으로 꾸며진. 곳곳에는 미술관을 설립한 가드너의 수집 작품들이 진열되어 있는데, 모두 특별한 설명 없이 중구난방으로 배치되어 있다. 어떤 조각상은 정원 옆에 덩그러니 놓여 있어 소장품인지 인테리어 소품인지를 구분하기가 어려울 정도였다.

아직 봄이 도착하지 않은 보스턴이 아쉬웠던 나를 달래는 온갖 종류의 꽃들이 정원을 비롯해 1층 여러 곳에서 존재감을 내뿜었다. 정원으로 들어갈 수는 없지만 눈으로 즐기기에도 충분할 만큼 생동감이 알록달록 펄럭였다. 사람들은 정원 테두리를 벤치 삼아 꽃을 배경으로 대화를 나누거나 그림을 그리는 등 다양하게 정원을 즐겼다. 위층으로 올라가 어느 구역을 구경하더라도 뚫려 있는 창문을 통해 1층의 정원을 다른 시점으로 구경할 수 있으며, 살짝 어두운 분위기인 진열 공간과 정원이 만나 미술관의 분위기를 한층 더 고조시켰다.

멋진 예술가들의 작품을 관람하는 걸 좋아하는 나지만 사실 깊은 의미를 해석하며 보는 편은 아니다. 전공도 마찬가지였다. 단

순히 영화 속 세계에 들어가고 싶다는 이유로 영화를 전공했던 대학은 훨씬 더 심오한 메시지를 파악할 수 있는 자들을 요구했다. 뜻을 빠르고 정확하게 낚아채지 못하면 영화감독의 자질이 없다는 듯 가난한 점수가 매겨졌다. 버거운 무게를 안고 영화를 찾는 순간들이 괴로워졌고, 분노와 반항심으로 일부러 더 가볍게 작품을 보게 되는 경우가 늘어났다. 나는 모든 것을 처음 마주했을 때, 그 순간 벅차오르는 것만으로도 충분한 사람이라는 걸 인정하고 나서야 이전과 비슷한 애정으로 작품들을 바라볼 수 있었다.

미술관은 바닥에 그려진 그림을 구경하기 위해 발을 한참 뒤로 뺀 채 쳐다보거나, 구석에 숨어 있어 보물을 찾듯 적극적으로 작품을 찾아 헤매야 했다. 눈과 귀를 기울이면 곳곳에서 작품들이 나누는 대화들이 끊임없이 흘러나왔다. 친밀하게 붙어 있는 작품들 사이를 오가며 마음에 드는 것은 한 번 더 눈에 담고, 지나치고 싶은 것은 가볍게 인사만 나누고 헤어졌다.

작품 위에 다른 작품이 올라가 있거나 시대와 장소가 다른 작품들이 어우러진 것을 보면 모두가 주인공인 것처럼 단단한 몫을 해내고 있었다. 관람객은 군데군데 숨어 있는 것을 찾기 위해 도리어 모든 것을 작품으로 받아들여 구분이 흐려지고 사물에 자신

만의 크고 작은 의미를 심었다. 작품들에 새로운 생각과 시선이 하나둘 쌓여 더 멋진 모습으로 탄생했다. 꽃과 어우러진 채로 흐르는 시간을 붙잡지 않는 사람들까지도 하나의 작품이 되어 미술관 속 시간에 얹혔다.

정원과 작품, 빛과 어둠을 거닐며 이야기는 시시각각 바뀌고 건물 안에 폭신한 몽상이 가득 채워졌다. 피아노 치는 걸 좋아하는 아이가 되었다가, 꽃을 잘 가꾸는 정원사가 되었다가, 정숙한 분위기에서 식사하는 빳빳한 가주가 되곤 했다. 미술관은 수많은 무제 중 가장 커다란 무제였다. 규범이 없음으로써 그 이상의 세상을 허가했다.

근엄하고 차분한 분위기 속에 배치된 작품들이 머릿속을 스쳤다. 관람객이 바쁘게 움직이는 시간에는 도도하고 콧대 높은 태도를 유지하다 폐장 시간이 되면 벨트와 모자를 풀어 헤친 채 한숨을 깊게 내쉬지 않을까. 하지만 이 미술관 속 작품들은 언제나 자유롭고 자기다운 모습으로 관람객들을 맞이할 것이다. 정형화된 채로 배치된 작품들이 이 미술관으로 옮겨지고 난 후 깜짝 놀랄 반응을 떠올리며 조용히 킥킥거렸다. 미술관을 세운 이사벨라는 작품을 정말로 사랑했을 것이다. 모두에게 자유를 선물하는 대담함을 선보였으니.

New york & Boston
#9

일상보다 먼 여행보다는 가까운

운동에도 취향이 있다. 함께하는 운동을 좋아하는 사람과 혼자 하는 운동을 좋아하는 사람으로 크게 나눌 수 있는데, 나는 강력하게 후자다. 함께 운동하는 걸 꺼리는 편은 아니지만 규칙적이고 안정적인 결말을 맞이한 적이 없어 잘 시도하지 않는다. 한 명이라도 운동하기가 싫은 날에는 같이 미루게 되면서 서서히 흐지부지된 적이 많다. 함께 뛰는 건 어떠냐는 친구의 제안도 있었으나,

"뛰면서 대화할 거 아닌데 왜 같이 뛰어?"

라는 질문으로 시작 없이 끝을 냈다. 솔직히 운동할 때만큼은 운동에만 집중하고 싶다.

그러다 보스턴에서 함께하는 운동의 이상적인 방향을 발견했다. 'Orange Theory'라는 헬스장에서 운영하는 1시간짜리 프로그램인데, 개인과 단체를 모두 아우른다. 로잉 머신, 러닝 머신, 그리고 프리 웨이트 존 3개로 나누어진 구간에서 사람들이 번갈아 가면서 운동하는 구성이다. 서로 힘내자고 기합을 주고받는 것 일절 없이 각자의 운동에만 집중하고, 서로의 심장 박동수만 모니터에 공유되어 조용한 경쟁심과 열량을 불태울 수 있다.

무료 체험 1회로 참여한 날에는 나 말고도 친구끼리 온 두 명의 여자와 함께 로잉 머신부터 시작했다. 기계에 적응되지 않아 어설프게 따라 하다가 익숙해지자마자 빠른 속도로 앞서 나가기 시작했다. 그렇게 20분 정도 몸을 데우고 프리 웨이트 존으로 가서 모니터에서 설명하는 자세를 따라 했다. 혹 중간에 너무 힘들거나 그만하고 싶으면 쿨하게 일어나 밖으로 나가면 된다. 선생님도 그 누구도 말리지 않는다. 한계를 스스로 파악함으로써 지나치지 않는 선에서 에너지를 끌어올릴 수 있다.

땀을 뻘뻘 흘리며 운동하다 보니 마지막 러닝 차례가 되었다. 가장 자신 있는 항목이라 권장하는 속도보다 숫자를 높였다. 숨이 벅차오르는 순간들이 몇 번 있었지만 러닝은 자고로 그 순간을 넘기는 재미다. 슬쩍 형제의 속도를 보니 나와 얼추 비슷해 속으로 뿌듯함을 느꼈다. 이때껏 틈틈이 해온 운동이 마냥 허위는 아님을 은밀하게 칭찬했다.

한 시간의 프로그램이 끝나자 쉴 새 없이 땀방울이 흘렀고, 밖

으로 나가니 매번 웅크리게 만들던 바람이 산뜻하고 선선하게 느껴졌다. 운동의 열기가 채 가시지 않아 여전히 달아올라 있는 그 시간이 사그라드는 동안, 헐떡거리는 숨이 만족감을 대변했다.

영화 <아바타2>를 보스턴에서 볼 기회가 생겼다. 한국에서 이미 본 적이 있는지라 자막이 없어도 내용을 이해하기 어렵지 않을 거라 예상했다. 영화관에 들어가기 전에 팝콘부터 구매했는데 '캐러멜'이라는 수식어가 아주 잘 어울리는 끈적하고 바삭한 설탕 덩어리 팝콘이었다. 중독적인 맛이 자꾸만 당겨 영화를 보는 내내 입이 쉴 틈 없이 바빴다. 달콤한 팝콘 한 번, 콜라 한 번을 오가면서 두꺼운 맛이 바쁘게 입안을 배회했다.

좌석도 한국 영화관보다 훨씬 더 넓은 편이라 의자보단 1인 소파에 가까워 안락했다. 영화를 보러 온 가족 단위의 관객을 보니 관람보다는 함께하는 시간에 초점을 맞춘 건지 매점에서 파는 온갖 메뉴를 한 아름 싸 들고 들어왔다. 가족들과 보게 되면 감상보다는 이야깃거리로 도달하는 경우가 흔하다. 어릴 적 가족들과 집 앞 영화관에 가던 기억이 떠올랐다. 밤늦게 나갈 수 없던 내가 유일하게 자정이 넘는 시간까지 밖에 있을 수 있는 방식이었다. 하루는 한 해의 마지막 날 영화를 보러 들어가 새해가 시작된 후

나오며 서로에게 새해 인사를 건넸는데, 지금까지의 1월 1일 중 가장 좋아하는 날이다.

헬스장부터 영화까지, 여행만을 생각하고 왔다면 즐기기 어려운 것들을 여정에 녹여냈다. 형제가 자주 가는 K마트에 가서 장을 보고, 우연히 발견한 가게나 서점에 들어가 물건과 책을 살피고, 길거리에서 노래 부르는 듀엣이 점차 익숙해졌다. 낯섦의 허물이 서서히 벗겨지다 보니 보스턴 사람들의 표정에 시선이 오래 머물렀다. 치열하고 바쁘게 살지만 보스턴 사람들은 필수적으로 여백을 만든다. 공원을 걸을 여유와 길거리에서 핸드폰을 보지 않을 선택, 주말 아침에 사랑하는 사람과 브런치를 즐기는 시간을 모두 당연하게 여긴다. 하버드, MIT, 구글, 메타 등 온갖 거창한 이미지 속에도 보스턴은 평화롭고, 사람들의 얼굴엔 미소가 쉽게 번진다. 자신을 뒤따라오는 이에게 기꺼이 문을 열어주고, 호의를 받은 사람은 감사 인사가 기본이다. 선의와 애정이 바탕이 되는 도시에서 그들과 비슷해지며 어색하게 건네던 인사를 자연스럽게 소리 내고, 기꺼이 그들을 위해 둥근 습관을 건넸다. 길 가다 마주친 강아지를 향해 인사하고, 말을 거는 이들에게 날씨로 대화를 이어갔다.

추운 바람이 거의 다 멎고 공원에는 노란색과 자유롭게 뛰어다

니는 다람쥐가 보이기 시작했다. 목련과 벚꽃이 곳곳에 꽃망울을 맺고, 웅크렸던 식물들이 기지개를 켰다. 황량했던 공원의 잔디가 서서히 초록빛을 띠며 냉기가 오가던 공원이 봄으로 채워졌다. 커진 마음 안으로 다가오는 계절을 끌어안았다. 길고 연했던 햇빛은 서서히 자라나 선글라스 너머로 선명히 흔들거렸다.

예상할 수 없던 여행 덕에 나는 또 휘청거리며 나아갈 세상을 굳건히 다잡게 됐다. 그리워질 것들을 꾹꾹 눌러 담아 오래도록 사랑해야지. 사랑이 당연하면서도 어색한 관계와 33일간의 일정이 끝났다. 둘 다 나란히 누워 늘어지는 노래와 함께 쨍한 날을 흐릿하게 보내버리고, 한 개의 수저만 놓이던 식탁에 두 개의 수저가 마주 보던 한 달이었다. 한 명과 두 명 사이를 번갈아 쌓았던 보스턴은 우리 둘이 있음으로써 아주 오래 기억될 것이다.

New york & Boston
#10

안녕은 영원한 헤어짐이 아니겠지요

헤어짐을 이유로 짧은 시간 동안 살이 쪽 빠져본 경험이 있다. 그 당시 나는 중학교를 졸업하고 고등학교라는 새로운 단체를 시작할 때였다. '0졸'이 하나씩 늘어갈수록 어른의 도착지로 가까워짐을 느꼈다. 학업의 무게와 성인이 머지않았다는 압박감이 내 체중을 앗아간 것은 아니다. 나는 그 당시 같은 반 친구들을 무척 사랑했고, 중학교 졸업식으로 맞이한 이별은 우주에서 다른 우주를 건너는 것처럼 막대했다.

황망한 마음과 다르게 환한 졸업식 꽃다발을 식탁에 던져두고 비련의 여주인공처럼 굴었다. 의지와 기력이 엉킨 머리카락처럼 볼품없이 빠져나갔다. 하지만 그 이후로 두 개의 학교와 가족, 친구, 연인 등 사랑하는 사람들과의 이별이 꾸준히 쌓이자 아쉬움을 마주할 때마다 은은한 초연함도 조금씩 자라났다. 그래도 여행의 이별은 재회를 약속할 수 있음에 감사하다. 유일하게 사랑스러운 이별이다.

인생을 통틀어 가장 긴 여행이었음에도 하루, 한 주는 빠르게 지나갔고 안녕을 고할 시간이 찾아왔다. 마지막을 기념하기 위해 핸드폰 카메라로 빌라를 촬영했다. 엘리베이터 앞 로비, 거실, 가장 자주 사용했던 부엌을 머리로만 남기지 않도록 데이터에 욱여넣고, 곳곳에 기도를 숨겼다. 보스턴에 남아 있는 내 형제가 진심으로 덜 외롭고 더 행복한 삶을 살 수 있도록. 진심으로 그의 안위를 바라며 보스턴과 멀어지는 비행기를 탔다.

보스턴과 샌프란시스코를 거쳐 집으로 돌아가는 길. 비행만 10시간이 넘는 사이에 9시간의 경유가 날 기다렸다. 예정된 시간을 대비하여 나름대로 철저히 대비했다. 시차 적응으로 미적거리는 밤을 줄이기 위해 경유 시간은 한숨도 잘 수 없었다. 쌓인 일을 모두 처리하고, 글을 쓰고, 한국에 돌아가서 어떻게 지낼지에 관

한 계획을 세우면 충분하리라 짐작했다.

하지만 일은 너무 빨리 끝났고, 친구의 목소리가 듣고 싶어 2시간 동안 즉석에서 휘발되는 통화를 나눴다. 새벽의 시간은 금방 동이 나면서 주변이 환해졌다. 쾌적한 공항 의자보다 비좁은 비행기 의자가 그리워졌다. 비행기에 탑승하자마자 헤드셋을 끼고 잠을 청했다. 기내식이 돌기 시작하면 묘하게 올라가는 온도와 음식 냄새 때문에 잠이 깰 게 분명하니까.

이륙하기 전 캐리어를 올리는 부산스러움 속에서 잠으로 넘어갔던 나는, 의아함을 느끼며 눈을 떴다. 아무리 잠결이라도 몸에 붕 뜬 느낌이 하나 없었다. 헤드셋을 빼고 주변을 살피니 비행기가 아직 출발하지 않았다.

내가 잔 시간은 한 시간 정도. 망연자실한 표정으로 허공을 바라보고 있는 사람들이 눈에 띄었다. 그러다 기장이 눈앞에 나타났다. 비행기 스피커가 고장이 나 기내로 안내 사항이 전달되지 않는다고 말했다. 한 시간을 끙끙거리며 문제를 찾으려 해도 원인을 알 수 없다고 전했다. 그러자 사람들은 이내 표정을 느긋하게 풀었다. 이유를 알았으나 우리가 어쩌지 못하니 기다리는 게 최선이자 전부였다. 하지만 3시간을 기다려도 결국 결함을 찾지 못했고, 우리는 새로운 비행기로 옮겨야 했다.

9시간으로 끝날 줄 알았던 샌프란시스코의 시간은 여전히 흐르고 있었다. 무기력한 시간이 속절없이 지나고 피곤함은 꾸준히 누적된 채 몸이 무거워졌다. 환한 한국을 맞이할 줄 알았던 기대는 저녁으로 저물고 있었다. 창밖으로 보이는 맑고 쨍한 하늘과 흰색 구름만이 샌프란시스코임을 상기시켰다. 계속해서 많은 비행기가 이륙과 착륙을 오가지만, 나를 위한 비행은 아직이었다.

기력을 충전할 수 있는 건 핸드폰뿐이었다. 최대한 몸에 힘을 풀어 축 늘어진 채로 의자에 기댔다. 목적을 잃은 손가락이 핸드폰 화면을 뒤적거렸다. 이미 지겨워진 핸드폰 속의 이미지는 머리로 들어오지 못한 채 튕겼다. 공항의 늘어진 시간에 모든 게 흐물거렸다. 의자와 물아일체가 된 채로 연체동물처럼 굴고 있는데 갑자기 할아버지가 내 옆에 앉았다. 빠르게 몸을 고쳐 앉으며 더 빠르게 추측을 뻗쳤다. 한국 사람처럼 보이지만 여기는 샌프란시스코. 아무리 한국행 비행기라 해도 방심할 수 없었다. 어느 나라 사람일까? 행색으로 보면 비행기보단 지하철에서, 햄버거 가게보단 냉면 가게에서 마주치는 게 어울리는 우리 둘의 간격에서 대화의 전조가 채워졌다. 입과 귀에 한국어와 영어 두 가지의 경우를 모두 끼웠다.

"한국 학생이에요?"

정신없이 돌아가던 예상의 바늘이 뚝 멈췄다. 그는 혼자 뉴욕과 샌프란시스코를 다녀온 후 돌아가기 위해 비행기를 기다리고 있었다. 3년 반 전 부인을 잃고 난 후 함께하던 여행을 혼자의 이야기로 덧붙이기 시작한 참이었다. 낯선 땅을 혼자 운전하고 휘적휘적 걸어 다니실 모습에 자연스레 아빠의 미래를 떠올렸다. 가족을 꽉 붙잡은 어린아이 같은 그가 어르신처럼 여행을 떠날 수 있을까. 몇 가지 이야기를 형식적으로 나눈 후 시간과 허기를 달

래기 위해 공항을 돌아다녔다. 다시 자리를 잡으니 이번엔 중년 여성분이 옆자리로 다가왔다.

"한국인이에요?"

타지에서 한국 사람들의 질문은 다들 비슷하구나. 그래도 은근한 확신을 품고 영어가 아닌 한국어로 물어보는 첫 마디가 정겹다.

"시민권자예요?"

처음 받아보는 질문에 고개를 저으며 낯선 땅이란 것을 인지했다. 미국에서 학교를 다녔는지도 물어보는 그녀를 보며 만약 내가 그랬다면 어떤 대화가 시작됐을지 궁금했다. 나는 미국에서 어떤 학생이었으려나. 내 머릿속에선 <Gossip Girl>이나 <Mean girls>부터 떠오르는데, 주인공 무리 뒤에 지나가는 학생 13 정도의 삶을 살며 그녀들을 동경하지 않았을까 싶다. 그래도 묻혀가는 건 싫은데. 이왕이면 주인공들이 내 이름은 알았으면 좋겠다.

"반짝반짝 빛날 나이네."

나이를 들은 그녀의 대답은 다정했다. 내 이야기에 보답하듯 미국 항공사에 직접 요구하지 않으면 절대로 보상을 받을 수 없으니 꼭 항의하라 덧붙였다. 관록이 묻어나는 조언에 어색한 미소와 감사 인사로 답했다.

이국땅에서 같은 뿌리로 태어난 사람들이라는 이유 하나로 호의가 뭉쳤다. 짧게 이야기 나눴던 할아버지는 다시 내 곁에 앉아 마저 하지 못했던 자신의 이야기를 풀기 시작했다. 낯선 사람에게 거짓 없는 이야기를 건넬 수 있는 대담함은 여행자의 특권이다. 당신과 꾸준히 대화하던 사람이 없어진 그는 말을 나눌 사람이 필요했다. 손주, 종교, 일 등 그의 연대기를 죽 나열했다. 우리의 죽어가는 시간은 살아남은 과거와 현재를 통해 채워졌다.

같은 비행기를 타더라도 말 한마디 섞을 수 없던 우리는 길게 늘어난 대기로 가까워졌다. 영어보다 더 길고 자세한 한국어로 샌프란시스코에서 추억을 만들었다. 할아버지와의 대화는 그의 에어비앤비를 소개하는 것으로 막을 내렸다.

"이것도 인연인데 놀러 오면 꼭 연락해요. 하루 재워줄게."

너무나 한국인다운 인사말에 장시간 대기로 응어리졌던 마음이 하얀 콩비지처럼 부드러워졌다. 보스턴의 여운이 채 가시기도 전에 진한 애정이 훅 들어오고 10시간이라는 막막한 거리의 무게가 순식간에 가벼워지며 다른 시작을 알리는 종이 울렸다. 안녕, 안녕. 역시 안녕은 영원한 헤어짐이 아니다.

다른 시작을 알리는 종이 울렸다. 안녕, 안녕.
역시 안녕은 영원한 헤어짐이 아니다.

나조차도 언제 떠날지 몰라 언제나 자리를 박찰 수 있는 경비를 한구석에 비상금처럼 마련해 둔다. 어쩌면 버릇처럼 여행 가고 싶다는 말을 내뱉어서일지도 모른다. 말이 씨가 된다는 속담처럼.

Sapporo #1~9

Sapporo
#1

엔딩 요정

공항에 갈 때면 택시를 타고 새벽을 가르던 날이 많았다. 하지만 이번 삿포로행은 몇 년 만의 오후 비행기라 오전까지 여유로워 미루고 미루다 여행을 떠나는 당일 짐을 챙겼다. 이번 여행은 올해 처음으로 누군가와 함께 떠나는 여행이다. 내가 사랑하는 사람 중 나와 가장 비슷한 여성과 함께 떠난다. 습관처럼 검색했던 여행사의 특가 소식에 우리는 별다른 고민 없이 예약을 끝냈다. 비행편과 숙소만 잡아주는 여행이라 실질적으로 자유 여행과 다름없었다. 여행사 링크를 확인하고 바로 결제했다는 엄마와,

그 이후로 짬이 날 때마다 경비를 마련한 딸의 궁합은 말이 필요하지 않았다.

“엄마랑 여행 가는 거 괜찮아요?”

“예전에 가봤는데 나쁘지 않았어요. 아마도….”

엄마와 간다고 말할 때마다 주변에선 자꾸만 의구심이 담긴 표정을 지었고, 나는 말끝이 흐려지는 답변을 반복했다. 경험자들의 진심 어린 걱정이 질문에 묻어났다. 이미 엄마와는 여행을 다녀온 적이 있으나 떠오를 만한 다툼은 크게 없었다. 언제나 예외는 있는 법, 좋았던 과거를 떠올리며 어깨를 으쓱거렸다.

가방도 두 개, 캐리어도 두 개. 둘 다 가벼운 캐리어를 질질 끌며 공항으로 향했다. 오사카, 도쿄, 오키나와는 가봤지만 영화 <윤희에게>가 배경이 된 삿포로는 처음이었다. 흰 눈이 두껍게 덮인 모습과 고운 입자의 거품이 올라간 황금빛의 맥주가 자동으로 연상되는 도시였다. 겨울이 떠오르지만 내가 앞으로 볼 삿포로는 푸릇푸릇한 여름과 찬란한 가을 사이의 모습일 터. 하지만 역시나 새로운 도시로 떠난다는 건 막막한 일상에 인공호흡을 불어넣었다.

삿포로는 이제껏 가봤던 일본 도시 중에서도 가장 긴 비행시간이 소요됐다. 3시간을 타고 날아가 신치토세 공항에 도착하니 벌

써 하늘이 어둑어둑했다. 입국장으로 들어가 도라에몽 모형을 따라 쭉 내려가니 버스표를 파는 기계가 보였다. 3시간을 비행한 후에 또 한 시간 반의 버스라니. 첫째 날의 피곤함은 눈덩이처럼 빠르게 불어났다. 슬쩍 엄마의 표정을 살펴보니 나만큼이나 굳은 표정으로 버스 역을 안내하는 모니터만 뚫어져라 바라보고 있었다. 우리가 하차해야 할 역 이름이 빨리 튀어나오기라도 할 것처럼.

"파친코 건물이 엄청나게 크고 많네요."

어떻게든 엄마의 기분을 끌어올리기 위해 버스 곳곳에서 마주치는 화려한 건물들을 가리켰다. 번화가로 향하는 동안의 삿포로는 수많은 슬롯을 담은 건물들 말고는 무척이나 고요했다. 가로등은 밤의 공포를 최소한만 달래는 정도로 일렁였다. 옅은 어둠이 짙게 짙어질수록 아쉬움도 진해졌다. 3박 4일의 짧은 여행 중 1박의 시간이 벌써 끝을 달리고 있다. 이른 아침부터 도착해서 하루 종일 과하게 움직이고 헉헉거리며 숙소로 들어가야 하는데, 보람은 없고 피곤도만 높아진 상황에 몇 번이나 기분을 환기하려 해도 서운함이 잔머리처럼 숨겨지지 않았다.

숙소에 도착하자마자 짐을 버리듯 던지고 나왔다. 피곤함에 쭈글쭈글해졌어도 잔뜩 부풀어 있는 허기를 달래야 했다. 우리가 4일 동안 묵을 스스키노의 거리는 삿포로를 대표하는 번화가라는 걸 보여주는 듯 모든 골목이 바쁘게 움직였다. 야키토리, 이자카야 등 곳곳에 다양한 술집이 넘쳐났다. 혼자의 여행이라면 아무데나 불쑥 들어가서 구석을 자처했을 테지만 이번 여행은 나보다 타인의 편의를 고려해야 하는 여행이다. 동서남북으로 눈을 바쁘게 돌리며 괜찮아 보이는 가게를 물색했다. 시끌벅적해도 칸막이가 쳐져 있어 상대적으로 부담이 적은 가게로 들어갔다. 주문도 태블릿으로 하면 되는 시스템이었으나, 일어 메뉴밖에 보이지 않았다.

"英語メニュー版ありますか。(영어 메뉴판 있나요?)"

혹시 몰라 적어 둔 회화를 사용했으나 돌아오는 답변은 스미마셍. 번역 프로그램과 그림을 짜맞춰가며 먹고 싶은 메뉴를 선택해야 했다.

"다른 메뉴는 알아서 골라. 나는 맥주만 시켜줘."

엄마의 주문에 대충 익숙해 보이는 메뉴들과 함께 생맥주 두 잔을 시키자 맥주부터 빠르게 나왔다. 뽀얀 거품과 황금빛이 찰랑이고, 차가움을 증명하듯 잔 전체로 얇은 서리가 내린 잔이었다. 묵직한 행복을 들고 짠. 조금은 씁쌀한 맛이 더 강하게 느껴지는 맥주가 목뒤로 술술 넘어갔다. 잔이 비워지는 만큼 우리의 만족감은 차올랐다. 엄마의 얼굴이 붉어졌고, 내려갔던 기분이 천천히 올라오며 삿포로에 왔음을 기념하는 건배가 이어졌다.

"진짜 맛있다."

반찬은 쳐다보지도 않은 채 반짝거리는 눈으로 맥주를 한 잔 더 요구하는 엄마. 그래, 생맥주는 이 맛이다. 괜히 퇴근 후 술 한 잔 마시는 콘텐츠가 쏟아지는 게 아니지. 너덜거리는 다리를 이끌고 생맥주를 들이켜던 오사카 여행이 스쳐 지나갔다. 고된 일정을 고소하고 시원하게 터뜨렸다.

살짝 풀린 눈과 느려진 걸음걸이. 주량이 한참 줄어든 엄마를

보며 나는 정신을 더욱 바짝 세웠다. 가족에게 꼭꼭 숨긴 사실이지만 맥주 두 잔으로는 취하지 않기 때문에 물 마신 듯한 상태로 엄마를 부여잡고 편의점으로 향했다. 과거에 우리는 보이는 편의점마다 들어가 요구르트와 푸딩을 집곤 했다.

푸딩 드시고 싶다면서요. 엄마는 붉어진 얼굴로 익숙한 코너 앞에 멈춰 섰다. 레이더를 바짝 세워 노랗고 갈색의 푸딩을 신중하게 결정했다. 엄마 하나 나 하나. 그리고 엄마가 궁금해한 크림빵과 내가 궁금해한 크림 찰떡도 하나.

숙소에 도착하자 씻지도 않고 사 온 편의점 음식을 뜯는 엄마는 먹고 싶은 과자를 다급하게 먹는 아이들과 다를 바 없어 보여 나도 모르게 웃음이 삐죽거렸다. 언제나 나와 형제를 인도하던 이가 어리숙하고 솔직하게 구는 걸 보니 내가 자랐음을 인지했다. 나이에 총량이 존재하는 듯 내가 듬직해질수록 그녀는 점점 어려지고 있다. 거침없이 껍데기를 제거하고, 숟가락으로 푹푹 푸딩을 뜨며 부드러움을 입안에 넣었다. 노랗고 하얗기만 한 디저트들을 입에 넣고 나서야 얼굴에 커스터드 크림처럼 부드러운 미소가 퍼지고, 그녀의 삿포로 첫날이 훌륭하게 마무리됐다.

일상을 피해 날아온 삿포로지만 사실 가장 큰 이유는 여기 있다. 그녀의 행복한 얼굴. 나는 앞으로 3박 4일 동안 그녀가 굳은 얼굴 대신 부드럽고 편안한 표정으로 하루하루를 채워가길 바랐다. 즐거움을 기반한 피곤함을, 혀끝에는 신기함과 만족감을, 그리고 잇몸을 훤히 드러낸 사진을 많이 남기기를. 4일만큼은 그녀에게 최고의 딸이기 전에 최고의 가이드가 되길 희망한다.

Sapporo #2

2 = 1+1

회사에 들어간 이후로 이상하게 누군가와 함께하는 시간에 집착하게 됐다. 일주일 중 다섯 번을 출근할 수밖에 없으니 주말은 꼭 집 밖을 나서 친구들을 만나고 싶었다.

"친구를 왜 만나요?"

회사 사람 중 한 명이 내게 물었다. 주기적으로 만나고 연락하는 관계가 친구 아닌가? 그녀는 고개를 갸웃거리며 일 년에 한두 번 만날까 말까 한다는 말을 덧붙였다. 하지만 그녀가 특이한 게 아니었다. 다른 팀과 다 같이 모여 점심을 먹다 보면 다들 놀란 표정으로 나를 빤히 쳐다봤다.

"누워 있는 게 너무 좋아요."

"그럼 누워서 뭐 해요?"

"계속 핸드폰 하는 거죠."

그들에게 공감하지 못하는 것은 아니다. 하지만 언젠가부터 나는 집에서 오래 누워 있는 행위가 불편해졌다. 이상하게 자는 시간 외에 등을 바닥에 대면, 모래시계를 보고 있는 것처럼 시간이 흐르는 게 온몸으로 느껴졌고, 순식간에 죄책감이 쌓였다.(그렇다고 안 눕는 건 아니다.) 결국은 오래 눕지 말자고 침대까지 없애버려 접이식 매트리스로 지내고 있다. 거창한 결단 이후에도 소파나 안방 침대에 달라붙어 있곤 하지만 이전에 비해 확실히 누워 있는 시간이 줄어들었다. 영화를 보고 싶어도, 책을 읽고 싶어도 누워서 즐기려면 매트리스를 펼쳐야 하니 그럴 바엔 책상을 선택했다. 일어선 시간만큼 무엇이든 보고 듣고 느끼고 즐기는 시간이 늘어났고, 첫걸음마를 뗀 아이가 되어 새로운 걸 찾아 떠났다. 집에 콕 박혀 즐기던 와식 생활이 깜깜한 우주 속 잡히지 않는 별로 변해 갔다.

하지만 사회에서 표류한 시간이 길었다 보니 친구들과 함께하는 시간을 챙기기 어려워졌다. 특별한 행사가 있어야 만나던 모임을 유지할 수 있을 정도다. 그러다 보니 혼자 놀러 다니는 시간이 점점 많아졌다. 새벽같이 일어나던 주중과 달리 주말은 조금은 여유롭게 일어나 밖에서 늦게까지 방황했다. 혼자 전시를 보거나 영화를 보고, 지하철을 타고 멀리 나갔다. 외로움을 즐기는 순간들이 차곡차곡 쌓여갔다.

이번 삿포로 여행에서도 무엇이든 특별한 걸 보고 싶었기 때문에 딱 하루만 버스 투어를 진행하기로 했다. 삿포로는 스스키노 외엔 어디든 멀어 근교를 위해선 기차나 버스를 이용해야 했다. 다행히 비수기인 여름도 관광 상품이 준비되어 있었다. 여름엔 라벤더가 유명하나 이미 라벤더는 진 시기였고, '사계체의 언덕'이 꽃으로 채워진다는 소식을 듣고 꼭 엄마와 함께하고 싶었다. 우리는 쇼핑만 하러 삿포로에 온 게 아니니까.

버스 투어에는 약 40명 정도의 관광객이 모였다. 2명끼리 온 무리가 가장 많았고, 사이사이 혼자 투어를 온 사람들이 보였다. 45인승 좌석 중 빈자리 옆에 앉은 이들은 모두 혼자 온 사람들이었기 때문에 눈에 띌 수밖에 없었다.

투어의 일정은 무척 빠듯했다. 300km 넘는 거리 사이사이 여러 개의 명소를 바쁘게 돌아다녀야 했고, 들르는 곳이 많은 만큼 먹을 것도 많았다. 먹부림은 휴게소에서부터 시작되어 줄줄이 이어졌다. 멜론, 우유아이스크림부터 감자크로켓, 멜론 빵, 라벤더 아이스크림을 먹고 밥과 커피까지. 마지막 투어가 5년도 넘은 일이라 스타카토식으로 이어지는 장소들에 숨이 가빴다. 여름엔 별로 예쁘지 않다는 이유로 20분만 들렀다 가는 명소들도 있었는데, 이럴 거면 과감히 생략할 용기도 있어야 하지 않나 싶었다. 그래도 남의 등에 떠밀려 다니다 보니 억지로라도 사진을 찍고 기록을 남겼다. 반항심이 무색하게 누구보다 착실히 가이드의 말을 따라 먹고 찍고 구경했다.

시간이 지날수록 계속되는 버스 이동과 정신없는 일정에 버스 내 분위기는 피곤함에 가라앉아 갔다. 가볍게 엉덩이를 떼던 사람들도 뒤 코스로 움직일수록 이동 반경이 줄어들고 어떤 코스는 내리지 않았다. 하지만 그 와중에도 모든 코스를 성실하게 도는 무리가 있었는데, 혼자 여행 온 사람들이었다.

그들은 먹고 싶은 것을 마음껏 먹고, 사진을 찍고 싶으면 가이드에게 부탁해 사진을 촬영했다. 엄마의 시선은 몇 번이나 그들에게 향했다. 누구보다 생기 있어 보이는 자들의 활력은 우리도 끝까지 무리한 스케줄을 강행할 수 있도록 도왔다. 어떤 마음으로, 어떤 태도로 이 여행에 오게 됐을까. 혼자 여행을 다니면서 한 번도 투어를 도전해 볼 생각은 안 해봤는데, 어떤 하루를 남길 수

있을지 궁금해졌다.

개인의 시간에 최선을 다해 즐기는 이들은 자신이 무엇을 좋아하는지, 그래서 어떻게 사랑해야 하는지 아는 사람들이다. 자신만의 선택과 속도로 정형화된 일정에 개성을 더해 투어를 누렸다. 그들은 다른 이들과의 여행에서도 멋진 여행객일 것이다. 1의 여행으로 시작해 1.5, 그리고 2로 도착하기까지엔 단단한 1이 있기에 가능하다. 그들은 1의 시간에서 2가 될 수 있는 누군가를 떠올릴지 모른다. 누구보다 혼자가 되고 싶었던 내가 1의 시간을 통해서 2를 진짜로 사랑하게 된 것처럼 말이다. 설령 2를 희망하지 않더라도 문제없다. 1은 그 자체로 완전하다.

모든 투어를 마치고 가장 적극적으로 투어를 즐기던 한 사람이 우리와 함께 내렸다.

"이제 저 사람은 어디로 갈까?"

"이자카야 가지 않을까요? 지금 딱 맥주 마시면 끝내줄 거 같은데."

교토 여행의 첫날, 혼자 이자카야에 가서 맥주에 꼬치를 곁들이며 혼자의 첫날을 기념하던 밤이 떠올랐다. 그에게도 마지막까지 멋진 저녁 식사가 이어지길 바랐다. 혼자의 저녁, 혼자의 맥주. 그건 정말 잊을 수 없는 밤이니까.

Sapporo #3

슈퍼 모델 코리아

누군가 카메라를 들어 올리면 자연스럽게 미소를 짓는 가족들이 부럽다. 엄마도 나와 비슷한 처지였으나 여행만 떠나면 매섭게 카메라를 드는 남편과 딸 덕분에 자연스럽게 포즈를 취하는 실력이 많이 늘었다. 티 없이 행복한 기분을 이목구비 곳곳에 담아내는 실력이 뛰어나다. 사진을 찍는 데만 중점을 두느라 압도적인 머리 크기와 난쟁이 같은 다리 길이로 만들어 버리던 아빠도 기술이 제법 늘어 이제는 괜찮은 사진들을 우리에게 넘기곤 한다.

엄마는 나의 가장 오래된 모델이라 내 핸드폰엔 그녀의 사진이 가장 많다. 얼굴 인식으로 구분된 앨범을 보면 엄마가 가장 맨 앞을 차지한다. 가끔 들어가 몇 년 전에 찍힌 모습을 보곤 하는데, 그럴 때마다 알아차리지 못했던 변화가 잊고 있던 상처를 건드린다. 한결같이 예쁜 미소를 보이는 그녀지만, 얼굴 살이 눈에 띄게 사라졌기 때문이다.

"살이 왜 이렇게 많이 빠졌어."

엄마를 오랜만에 본 사람들이라면 항상 같은 안부 인사를 건넨다. 다들 칭찬의 의도를 담고 시작하지만, 엄마는 내게 몰래 서운함을 토로했다. 그녀는 빠졌다는 말을 그만 듣고 싶어 했다. 한동안 건강의 문제로 쉽게 살이 안 쪘다. 덧붙여 소화 기능까지 좋지 않아 남들보다 쉽게 체한다. 그녀의 살은 철저히 타의로 사라졌다. 거기에 덧붙여 좋아하는 음식들도 대체로 열량이 낮다.

"이러니 찔 수가 없지."

걱정과 서운함이 어린 말투는 내 버릇이 된다. 요구르트나 커피만 마셔도 충분하다는 말을 들을 때마다 한 겹의 절망감이 머릿속을 휘감았다. 씩씩하게 먹고 싶은 것을 마구 찾는 모습이 그립다.

회사에 들어가기 전 주중 점심은 내 몫이었다. 엄마가 운동을 다녀오면 딱 아침 겸 점심을 먹기 좋은 시간이 되어 자주 요리를 준비했다. 하지만 회사에 들어가니 나는 내 도시락을 먹어야 했고, 자연스레 점심 준비는 과거로 넘어갔다. 알아서 잘 챙겨 먹는다고 하지만 결국 그녀는 아침에 남편을 위해 만들어 놓고 남은 것, 커피 한 잔, 그리고 냉장고에 남은 음식 한두 개로 성의 없는 점심을 보낼 게 분명했다. 가끔 물어보면 언제나 비슷하게 예상가는 메뉴들이었다.

그녀에겐 음식을 만드는 일이 예전처럼 즐겁지 않다. 당장 나만 해도 온갖 베이킹이며 오븐 요리를 거창하게 해내던 1, 2년 전에 비해 요새는 무슨 음식을 먹어야 할지 몰라 배달 앱에 들어가 메뉴를 참고하곤 한다. 그러니 소화가 어려운 그녀에게 요리란 더 이상 자신을 위한 일이 아니다. 하지만 '남이 해준 음식은 뭐든지 다 맛있어'라는 그녀의 말에 따라 내가 만든 음식들은 평소보다 양이 많아도 잘 먹는 편이었다. 그녀를 위해 점심을 만드는 건 내게 작은 사명이었다. 엄마를 건강하게 살찌우는 일은 나의 소소한 목표였다.

사실 엄마의 소화가 가장 원활히 굴러가도록 만드는 방법이 있다. 바로 외출이다. 그녀가 여행을 떠나는 동안만큼은 위가 잠잠하다. 외향형 위는 이번 삿포로 여행에서도 빛을 발했다. 버스 투어를 하면서 추천받은 디저트가 너무 많아 다 먹지 못할 거라고

北海道限定
SAPPORO
CLASSIC
サッポロ

예상한 나와 다르게 엄마는 내게 말했다.

"멜론도 먹을까?"

과한 양에 일부러 생략했던 멜론을 다시 사 오라고 손짓하는 그녀였다. 삿포로에서 매끼를 나와 비슷하게 식사하며 무리 없이 모든 것을 소화하고, 어떤 때는 나보다 더 먹을 것을 요구했다.

부모님은 나와 형제가 어릴 때부터 출장과 여행을 동반했다. 엄마는 인생 첫 해외여행으로 아빠의 하와이 출장을 따라다녀 온 이후로 아일랜드, 뉴욕, 상해 등 여러 나라를 아빠와 돌아다녔다. 할머니께 자식을 맡겨 두곤 힘이 될 때마다 열심히 나갔다. 사진을 인화하는 게 당연한 시절의 여행들은 여전히 빳빳한 코팅 종이에 남아 젊은 시절 그녀를 담고 있다. 조금은 촌스러운 옷차림을 한 그녀의 붉은 입술과 가지런한 하얀 치아가 돋보인다. 저 웃음이 매력적이라 아빠도 매번 카메라를 들었을지 모른다.

투어 날 오전에는 비가 와 사람들이 우산을 쓰고 사진을 촬영해야 했다. 시기도, 날씨도 하나도 맞지 않아 촬영이 의미가 없는 장소였지만, 우리는 우산을 들고 꿋꿋이 카메라를 켰다. 바람에 엉킨 머리카락, 배경을 뒤덮는 네이비색 우산이 카메라에 가득 담겼으나 그녀의 기분은 맑음이었다. 잘 담기지 않는 명소를 기억하기 위해 우리는 서로 머리를 맞댔다가, 양 끝으로 최대한 갈라서

기를 반복하며 유쾌한 사진들을 만들었다. 꼴이 엉망인 둘이 핸드폰 화면에 담기자 그녀는 소리 내 웃었다. 사진에도 소리가 담기면 좋을 텐데. 호탕하게 웃는 소리를 따라 나도 덩달아 눈꼬리가 휘었다. 어릴 적 해님을 그릴 때마다 웃는 얼굴을 덧그린 건 내가 보며 자라온 웃음이 환하기 때문일 것이다. 두 개의 방긋함이 악조건을 이겨내기 시작했다. 빗방울이 맺힌 핸드폰에는 궂은 날씨보단 건치가 도드라졌다. 카메라를 들면 습관처럼 웃는 그녀는 프로 모델에 제대로 빙의했다. 선글라스 너머로 화면 속 엄마를 바라보며 덩달아 나도 긴장이 풀렸다. 표정의 각도가 비슷하게 맞물렸다.

"누가 꽃인지 모르겠네!"

진부한 농담을 건네며 엄마에게 더 다양한 포즈를 요구했다. 꽃받침, 브이, 나와 비슷한 익살맞은 표정… 삼색 떡 케이크 같은 꽃밭에서 화면 속 한 여자에게만 집중했다. 검은 원피스를 입고 있어도 절대로 기죽지 않는 존재감. 역시 경력직 모델은 다르다. 가방을 뒤적거리고 있거나 꽃을 구경하는 모습도 모두 그럴싸하다. 하물며 굴욕 사진까지 매력적이다.

나와 함께 사진 찍을 때마다 얼굴을 작게 나오겠다고 뒤로 빼는 모습도 사랑스럽다. 사진에서 예쁘게 나오는 게 최고인 그녀의 말을 곧 법이라 생각하고 깜찍한 행동을 내버려뒀다. 풍경 사진으로 저장되던 여행에 그녀의 사진이 빠르게 채워졌다. 연속 촬영이라도 한 듯 거의 비슷한 사진들이 도배되어도 한 장도 지울 수 없었다. 사진 하나하나가 진귀한 보석 조각처럼 아깝게 느껴졌으니까.

"사진 보내줘."

우리는 흔들리는 버스 안에서 머리를 맞대고 열심히 사진을 구경했다. 나는 그녀가 잘 나온 사진을 보여주고, 그녀는 내가 잘 나온 사진을 골라 저장한다. 함께한 사진을 SNS 프로필로 설정해 두자 여기저기서 행복해 보인다는 메시지가 도착했다. 그럼, 나 행복하지. 누구랑 있는데.

Sapporo
#4

라멘의 일탈

고등학교에 올라가기 전까지 나는 학교가 끝나면 쉽게 놀러 나갈 수 없었다. 놀 수 있는 날은 시험 끝난 날, 학급의 단합 정도가 전부였다. 중학교 3학년 때 좋아했던 친구와 시간을 보내고 싶어 학교 끝나고 서점에 가도 되냐 거짓말을 친 전적이 있을 정도다. 그래도 틈틈이 어설픈 관계의 기억을 쌓아 갔으니 역시나 부모님의 통제는 굉장히 무의미한 공격 중 하나다.

고등학교에 다니기 시작하면서 본격적인 일탈이 시작됐다. 자식의 뒤통수만 봐도 공부하는지 딴짓하는지 다 알 수 있다고 하지만, 부모님이 눈치채신 것보다 몇 배로 더 놀았다. 독서실을 매일 들르던 시절을 떠올리면 사실 책가방을 두는 짐 보관소에 가까웠다. 책상은 문제집보다 내 이마나 볼이 올라간 시간이 더 길었고 아무것도 올려져 있지 않을 확률은 더 높았다. 친구들과 하루하루 각자의 독서실에서 벗어나 작은 일탈을 쌓아갔다. 어느 날은 영화를 보고 어느 날은 맛있는 걸 먹으러 갔다. 돈도 없고 나이도 어린 우리가 놀러 갈 수 있는 곳들은 한정되어 있어 언제나 학교 근처 카페나 백화점에 도달했지만 같은 곳을 구경하더라도 함께라 마냥 즐거웠다. 입시의 심각성이 나를 콕콕 건드릴 때까진 막연한 놀이가 이어졌다.

"네가 그때 공부를 더 열심히 했으면 완전히 달라졌겠지."

엄마는 여전히 아쉬운 과거를 언급하며 혀를 차지만 나는 다른 이유로 아쉬웠다. 너무 철없는 이야기처럼 들릴지 모르지만 정말로 최선을 다할 거 아니면 아예 더 적극적으로 놀아야 했다. 하루 두세 시간 운동장이나 카페에서 수다 떨고, 맛있는 걸 먹으면서 눈치를 보던 일상은 어중간했다. 먹고 싶은 음식을 참는다고 대체품만 찾다가 결국은 대체품도, 먹고 싶은 음식도 먹게 되는 실패한 다이어터와 크게 다를 바가 없었다. 언제나 어중이떠중이. 그 어중간한 습성이 여전히 해결되지 않아 항상 미적지근한 태도를 유지하는 경우가 부지기수다. 재수할 줄 알았으면 더 적극적으로 놀 걸 후회한다.(이렇게 이야기하고 항상 엄마한테 혼난다.) 어떤 분야든 끝을 보고 다음으로 넘어가는 과정이 필요한 때였다. 어리석은 중도의 마음으로 몸이 쉽게 따르지 않아 최선을 다할 에너지를 어영부영 소모해 버렸다.

크게 도약했지만 다시는 돌아가고 싶지 않은 재수 기간을 마치고 조금은 성숙해진 인간상으로 대학 생활을 보냈다. 고등학교 때부터 다져진 가벼운 거짓말로 동기들과 낭자한 밤을 몇 번 지새우고, 서서히 선비 같은 삶을 살기 시작하면서 솔직한 사람이 되어갔다. 수많은 경력으로 진실이 아닌 이야기를 늘어놓는 데는 눈썹 하나 꿈틀거리지 않을 자신이 있지만 이젠 거부 반응이 나타난다. 거짓말을 시도할 때마다 모기가 입술 주변을 잔뜩 물어뜯기라도 한 것처럼 근질거려 진실을 토로하는 일이 잦아졌다. 노련해질수록 오히려 솔직함이 거짓말보다 효과적인 순간들도 자주 맞닥뜨렸다.

그러나 수많은 경험으로 쌓인 노력(?)은 쉽게 사그라지지 않는다. 질풍 같던 투어 일정을 마친 다음 날 우리는 기약 없이 기상하기로 약속한 채 몸을 각자의 침대로 파묻었다. 하지만 나는 일정 수면 시간이 지나자 초점이 뚜렷해지면서 하루가 시작했음을 인지했다. 방 안은 두꺼운 커튼 덕에 오전 6시임에도 불구하고 여전히 깜깜해 엄마는 잠의 세상에 완벽히 취해 있었다. 어릴 때 이불 안에서 핸드폰을 보던 때처럼 최대한 빛을 막아내기 위해 몸을 웅크린 채로 시간을 보내다가 이대로 보내기 아쉬워 빠르게 옷을 갈아입었다. 다행히 피로에 꽉 붙잡혀 엄만 내가 소란을 떨어도 전혀 알지 못했고, 나는 여유롭게 호텔 방문을 열어 밖으로 향했다.

오전 6시의 일탈. 새벽의 시간은 전날을 마무리하는 이들과 하루를 시작한 사람들이 공존했다. 정갈하게 차려입은 정장으로 바닥을 보면서 걷는 자들, 밤부터 아침까지 이어진 술자리를 파하는 사람들이 드문드문 보였으나 길거리는 대체로 고요했다. 한 번도 걸어본 적 없던 거리를 걸으며 아직 끝나지 않은 가게들을 구경했다. 삿포로는 주류 문화가 만연해 새벽까지 장사하는 라멘 가게들이 흔했다. 오늘 일탈의 주제는 라멘. 짠 음식을 기피하는 엄마의 입맛을 존중하느라 먹고 싶었던 라멘을 그림과 냄새로만 만족하고 있었다. 술집부터 선사, 모르는 얼굴들이 크게 걸린 간판을 구경하면서 오니 금방 라멘집에 가까워졌다.

라멘집은 10명도 채 못 들어갈 정도로 아주 작은 공간이었으나 사장님을 제외하고도 이미 4명의 사람이 자리에 앉아 라멘 그릇

을 비우고 있었다. 사장님은 몫이 정해진 라멘 그릇에 뜨겁게 삶은 면발을 채운 후 육수를 들이부었다. 익숙한 듯 반복되는 행동과 동시에 손님과 시시콜콜한 대화를 이어갔다. 대화의 뉘앙스에 기대 이미 여러 번 얼굴을 마주했던 사이라 추측했다. 아침인데도 제법 톤이 높은 그들의 대화 속 작게 '스미마셍'을 웅얼거리자 사장님은 놓치지 않고 나를 향해 고개를 숙여 귀를 기울였다. 손님을 위한 신경세포가 가게 공기 곳곳에 숨어 있나 보다. 토마토 라멘을 한정으로 팔고 있는 가게였으나 나는 돈코츠 라멘 말고는 관심이 쏠리지 않았다.

일어의 일상에서 그들의 말을 배경음악 삼아 라멘을 기다렸다. 4명이 모두 같은 무리인 줄 알았으나 2명만 친구였고, 둘은 라멘 그릇을 테이블 앞턱에 올려두고 떠나면서까지 대화를 끝내지 않았다. 그리고 출근 전 아침을 먹듯 단정하게 입은 여자가 조용히 잘 먹었다는 한 마디와 함께 돈을 건넸다. 친근함을 공유하지 않는 관계더라도 훌륭한 아침에 걸맞은 인사를 건네는 소소한 호의가 좋았다. 음식점 사장님께 잘 먹었다는 말은 지겨울 리 없으니까. 좁은 시장통 같던 시간이 끝나고 내 라멘 그릇이 나왔다. 머릿속에 대략 그렸던 라멘이 선명한 모습으로 열기를 뿜었다. 누런색의 국물 위로 뜨겁고 진한 향이 올라왔다.

내내 엄마와 함께하던 삿포로에서 처음이자 마지막으로 먹을 혼자만의 아침이었다. 뜨거워진 입안과 든든해지는 뱃속을 라멘으로 연결하면서 활기찬 시작을 알렸다. 쌀쌀한 아침에 겉옷을 꽉 쥐며 도착한 가게에서 이마에 맺히는 땀으로 새벽의 이슬을 대신했다. 특색 없이 평범한 맛이지만 일탈을 더하니 특별해졌다.

라멘의 온도가 더해져 따뜻해진 몸을 이끌고 다시 숙소로 돌아갔다. 제법 시끄럽게 문을 닫았음에도 여전히 엄마는 세상모르고 꿈과 만남을 이어가고 있었다. 문을 열자마자 어디 갔다 왔냐고 물어볼 줄 알았는데 쌓였던 피로가 단단한 귀마개가 되었나 보다. 다시 옷을 갈아입어 동굴처럼 말아 둔 이불 안에 그대로 몸을 넣었다. 현재 시각 7시. 일탈은 완벽했다. 라멘에 카페인 성분이라도 있었는지 활력이 돌았다.

천천히 눈을 뜬 엄마를 침대에서 오래 기다렸다는 듯 무심하게 아침 인사를 건넸다. 간단히 준비를 마치고 커피를 목말라하는 엄마를 위해 카페로 향했다.

“이걸로 아침이 되겠어?”

저의 아침은 걱정하지 않으셔도 됩니다. 사실 새벽에 라멘 먹고 왔거든요. 입술이 슬슬 간질간질하지만, 위아래 입술을 꾹 다물고 가려움을 참았다. 귀엽고 짠 내 나는 일탈이 높게 떠오른 태양에, 그녀의 커피에 조금씩 숨었다.

Sapporo
#5

커피를 사랑하는 여자의 선택

"맛있는 커피 하나만 있으면 충분해."

커피를 마시지 않는 자에게 커피를 사랑하는 자가 말을 꺼냈다. 눈도 정신도 제대로 뜨지 않은 상태로 그녀의 부스스한 몸동작이 도착하는 곳은 커피 머신 앞이다. 시작을 알리는 기계 소리가 들리고 일정량의 커피가 잔을 채운다. 식탁에 앉아 본격적인 하루가 시작하기 전까지 커피를 마시고 책을 읽는다. 그때만큼은 핸드폰도 누구도 건드릴 수 없는 엄마만의 시간이다.

훌륭한 음식보단 훌륭한 커피를 선택하는 여자를 위해 이번 여행에는 카페가 필수적으로 들어가야 했다. 여행에 오면 자연스레 루틴이 깨지기 마련이니 아침부터 맛있는 커피를 마시지 못해 그녀는 애타게 커피를 찾았다. 그래서 내가 데리고 간 곳은 체인 카페인 코메다 커피. 도토루(Doutor)나 툴리스(Tully's)도 있지만 그녀는 코메다 커피를 좋아할 거라 확신했다.

이른 시간부터 만석이라 빈자리를 기다리는 손님들이 줄을 섰다. 코메다는 진득한 아침을 누리기 위해 온 자들로 가득했다. 자리를 배정해 줄 때까지 느긋하게 상대방과 카페에 관한 감상을 나눴다.

"옛날 다방 같은 느낌인데. 조명도 누렇고."

칸막이처럼 높은 의자와 벽 덕에 손님들의 공간은 철저히 구분된다. 계단으로 공간을 나누어 빽빽한 밀도에서도 여유를 즐길 수 있다. 바쁘게 움직이는 건 직원뿐이다. 아침부터 생크림이 잔뜩 올라간 와플을 시킨 청년, 신문을 읽는 노인, 아이와 함께 온 엄마 등 그림이 다양했다. 일본 카페는 이른 아침 커피 타임을 즐기는 어르신을 쉽게 발견할 수 있는데, 그럴 때마다 집 앞 공원에서 마주치던 어르신들이 숙제처럼 떠오른다. 이른 새벽, 낮은 기온에서 친구를 만나기 위해 그네를 타고 공원을 돌고 있는 그들을 카페에서 볼 일은 드물다. 수도 없이 늘어나는 카페 속엔 커다랗고 밝은 빛의 키오스크가 자리를 잡아 그들을 위협했다. 사람이 줄어든 만큼 사람이 필요하지 않은 곳이 빠르게 늘어나지만, 어르신들의 속도는 다급한 세상을 따라가기 벅차다. 결국 그들은 포기한 채로 카페 문 앞을 돌아 선택이 필요 없는 곳으로 향한다. 허리를 구부리고 왜소해진 몸을 이끌어 집이 아닌 실내에서 여유로운 시간을 보내는 모습을 보고 싶다는 마음이 부채감이 되어 쓰라렸다.

"이쪽으로 와주세요."

대기자 명단에 적어 놓은 성을 보고 직원들은 우리가 한국인임을 포착한다. 자리에 놓인 메뉴판과 진동벨을 눌러달라는 설명을 간단하게 마무리한 후 자신을 찾는 곳으로 직원은 홀연히 사라진다.

"다들 연세가 있으시네."

커피를 사랑하는 여자보다도 연배가 있어 보이는 직원들이 분주하다. 그들의 세월과 깔끔한 복장이 어우러져 카페에 분위기를 한층 더했다. 나이를 불문하고 자기 일에 최선을 다하는 모습에서 활력이 느껴졌다.

엄마는 카페오레, 나는 홍차를 주문했다. 나는 프랑스어를 짧게 배운 이후로 카페오레라는 단어를 좋아하는데, '오'는 전치사,

'레'는 우유라는 걸 배워서다. 막연한 단어의 정확한 구조를 파악했을 때 오는 쾌감 덕에 아무도 모르게 카페오레에 친밀감을 느낀다. 나 대신 즐겨달라는 마음으로 아메리카노를 안 마시는 그녀에게 카페오레를 권했다.

코메다 커피는 아침 시간에 모닝 세트를 판매한다. 음료 한 잔을 주문하면 잼이나 버터를 바른 빵, 그리고 계란(삶은 계란이나 에그 마요)을 준다. 마침 우리가 방문했을 시기는 이벤트 중이라 빵을 추가로 더 주는 행사를 진행하고 있었다. 온갖 몸짓과 표정을 통해 언어가 반 정도 덜어진 대화가 마무리된 후 가벼운 달리기를 마친 듯 개운한 마음으로 주문을 기다렸다.

버터와 잼을 바른 빵이 각각 나오고, 카페오레와 홍차가 테이블 위로 올려졌다. 간소한 메뉴 구성이지만 둘이 되니 테이블이 꽉 찼다. 홍차에 우유가 나오는 줄 알았더니 웬걸, 메뉴를 잘못시켰다. 우유를 곁들이는 홍차가 아닌 블랙으로 즐기는 메뉴를 가리켜 버린 것이다. 하지만 내색하지 않은 채 태연하게 굴었다. 완벽한 나의 실수니까.

그녀는 커피 한 모금을, 나는 그에 맞춰 긴장감을 조심히 삼켰다. 카페에서만큼은 그녀가 아주 깐깐하기 때문이다. 커피가 연해, 우유 스팀이 잘 안됐어 등 좋지 않은 평가를 받으면 마치 내가 탈락한 듯한 아쉬움과 그녀의 소중한 커피 시간을 망친 미안함이 동시에 찾아온다. 하지만 그녀는 지금 만족스럽다. 몇 번의 시도 끝에 찾아낸 버릇이 곳곳에 보였다. 한 번 마시고 난 후 침묵. 아무 말 없이 몇 번을 마시고 난 후에야 입을 열었다.

"여기 커피 맛있다."

카페를 향한 채점이 모두 마무리됐다. 그녀의 평가는 상당히 높다. 잔에 채워진 카페오레가 빠르게 줄어들었다. 엄마는 계란을 좋아하기 때문에 보너스 점수까지 받는다. 안도를 짧게 내뱉고 나도 여유로운 티타임을 즐기기 시작했다. 두꺼운 토스트 위로 발린 버터가 조명 때문에 모래사장 속 조개껍질처럼 반짝였다. 한 입에 꽉 차는 두께가 좋아 빵을 입에 넣기도 전부터 목부터 코까지 설렘이 흥얼거렸다. 고소하고 짭짤한 버터가 발라진 빵과 홍차와의 조합이 훌륭했다. 커피보다 더 커피 같은 짙은 색의 홍차로 끝을 내면 살짝 남아 있던 짭짤한 여운은 순식간에 사라졌다. 빵, 계란, 음료를 번갈아 즐기며 아침을 즐겼다.

"코메다 커피."

다음날, 서술어가 생략된 채로 그녀는 내게 딱 한 가지 단어만 이야기했다. 서당 개도 삼 년이면 풍월을 읊듯, 30년 된 딸은 엄마의 의도를 빠르게 파악했다. 전날 코메다 커피에 데려간 자신을 칭찬하며 다시 코메다로 향했다. 전날의 자리와 벽을 기준으로 왼편에 앉은 오늘의 자리. 그녀의 선택은 동일하게 카페오레, 나는 우유를 곁들이는 홍차다.

"우릴 알아보시는 거 같아."

한 직원분이 우리를 보고 눈이 커졌다고 속삭이는 그녀. 이곳이 마음에 든 우리의 태도를 해석할 수 있길 바랐다. 익숙함이 어려운 여행에서 진한 기억을 만들고 가는 재미가 코메다에서 탄생했다. 짧은 기간에도 새로운 곳을 향한 미련 없이 익숙한 곳을 다시 찾는 그녀가 좋다. 하지만 이제는 막연한 다음을 기약해야 하는 마지막 날이다. 카페를 조금이라도 더 즐기고 싶은지 그녀는 결국 카페라테를 한 잔 더 주문했고, 나도 덩달아 따뜻한 우유를 더했다. 새로운 음료가 채워진 잔이 도착하고, 첫 번째 방문보다 더 긴 시간을 보냈다. 고소하고 따뜻한 마무리를 즐기며 삿포로의 마지막 아침을 만끽했다.

헤어짐을 몇 번이고 반복하는 친구처럼 그녀는 쉽게 코메다 커피를 떠나지 못했다. 결국 원두를 하나 품은 채로 한국으로 돌아왔다. 그리운 마음을 담은 커피로 아침을 시작하며 아쉬움을 달랬다.

"코메다 커피 가고 싶다."

가게를 나온 이후에도 그녀는 미련을 떨치지 못한 채 애착이 담긴 문장을 반복했다. 그 속에 커피부터 나까지 모두 포함되어 있음에 가슴이 간질거렸다.

Sapporo #6

셋이서 한 마음

“일단 여행을 많이 간 게 부럽네요.”

누군가 나의 에세이 기획안을 보고 한 첫 마디다. 실제로 나는 전염병이 극심해 도저히 나갈 수 없던 해를 제외하곤 2018년부터 2023년까지 연평균 3회씩 여행을 다녀왔다. 돈과 여유가 그렇게 많나?라고 하지만 사실 인생의 초점을 여행으로 맞추며 살았다. 그리고 팔자에 역마살이 있는 게 영향을 미치는지 느닷없이 여행의 기회가 뚝떨어지듯 찾아오곤 했다. 나조차도 언제 떠날지 몰라 언제나 자리를 박찰 수 있는 경비를 한구석에 비상금처럼 마

련해 둔다. 어쩌면 버릇처럼 여행 가고 싶다는 말을 내뱉어서일지도 모른다. 말이 씨가 된다는 속담처럼.

나에게는 O와 J라는 2명의 여행 메이트가 있다. 친구 O는 고등학교 1학년 수학여행 때 사교댄스를 배우다 친해졌다. 손과 발이 분주한 1분뿐이었지만, 우리가 가까워지기엔 충분했다. 친구 J는 같은 중학교를 나왔지만 한 번도 연이 없다가 J가 학년 장으로 나가면서 친해졌다. 같은 중학교 출신의 반장들이 모여 J를 학년 장으로 만들자고 모이다 가까워졌다. 사람 간 인연이 있으면 무슨 방법으로라도 가까워질 수 있다는 걸 둘을 볼 때마다 실감한다.

한창 페이스북으로 친구들과 소통하는 게 흔했던 시절에 O와 J가 게시글을 통해 약속을 잡는 걸 보고 내가 끼어들었다. 게시글에서부터 페이스북 메시지, 그리고 개인 SNS까지 연결되어 우리의 단체 메신저 방은 몇 년째 사라지지 않고 나의 메신저 상단을 차지하고 있다.

우리는 과거에 매일 <꽃보다 청춘>에 관한 이야기를 나눴다. 하나의 소파에 나란히 앉아 방청하듯 정해진 시간만 되면 실시간 코멘트를 오가며 추억을 쌓았다. 네 명의 얼렁뚱땅 여행기와 마법 양탄자 같은 오로라를 보면서 우리는 같은 꿈을 꿨다. 국내부터 시작해서 하나둘 발을 넓혀 아이슬란드에 도착하자고. 그곳에서 셋이 나란히 고개를 들고 일렁이는 오로라를 보러 가자 약속했다.

"전라도로 가자. 전라도는 어느 식당을 가도 맛있어."

우리는 초봄에 빙수 가게로 모여 첫 번째 여행 계획을 세우기 시작했다. 한 개의 빙수를 두고 숟가락 세 개가 오가면서 어디로 튈지 모르던 대화의 방향이 그날만은 한 가지로 굳혀졌다. 어릴 때부터 순천을 자주 오갔던 내가 꺼낸 전라도부터 출발해 우리는 방학마다 전국을 쏘다녔다. 게스트 하우스에서 만난 사람들과 여수 밤바다에서 들었던 '여수 밤바다', 자전거로 시내를 돌아다니던 경주 등 셋만의 추억이 새겨졌다.

사실 첫 여행에선 걱정이 앞섰다. 아무리 가까운 사람이라도 쉽게 다투는 게 여행이니까. 하지만 우리는 정한 적도 없는데 분담이 확실했다. O는 만족의 역치가 낮아 모든 것이 맛있고 즐겁다. O의 반응이 있다면 어느 여행이더라도 행복한 여행으로 끝이 난다. J는 아무리 새로운 곳이라도 지도를 보면 사전 답사라도 온 듯 길을 척척 찾아다닌다. 그리고 밤마다 핸드폰으로 꼼지락거리며 깔끔한 정산 내역을 우리에게 공유한다. 덜렁거리는 나와 하하 호호 하는 O 사이에서 아주 중요한 추다. 마지막으로 나는 까다로운 상황 처리 담당이다. 취소, 요청, 불만 등 대부분의 상황을 내가 끝낸다. 모두가 기피하는 상황이라면 더더욱 내 담당이다.

"그런데 셋이면 안 싸워? 짝수도 아니고."

안타깝게도 셋 다 혼자 노는 게 수준급이라 따로 앉아야 하는 상황에서 서운함을 느끼지 못한다. 우리는 이미 초월적인 존재가 묶어준 완벽한 여행 메이트였다. 셋 다 무슨 일이 생겨도 '다 추억이지 뭐'라는 여유까지 있으니 오히려 다투는 게 더 힘들다.

시간이 지나면서 각자의 꿈과 현실로 인해 만나는 시간이 줄어들었고 O는 함께 여행을 간 사실이 아주 오랜 이야기가 되었다.

J와는 몇 년 전부터 해외여행을 떠나기 시작해 전염병이 유행하기 전까지 꾸준히 함께 떠나고 돌아왔다. 셋이 모여 여행을 다녀온 게 너무 오래전 일이지만 그럼에도 우리는 최종 여행지가 아이슬란드라는 걸 굳게 믿는다. 코끝이 빨개진 채로 컴컴한 어둠 속에서 오색빛깔로 흔들리는 오로라를 볼 것이다.

"맨날 이렇게 기념품을 사."

4일간의 짧은 여행일지라도 틈틈이 기념품을 찾는 내가 불만이었는지 엄마는 투덜댔다. 하지만 O와 J에게만큼은 꼭 선물을 주고 싶었다. 사실 그들에게 암묵적인 메시지를 보내는 것이다. 우리의 아이슬란드를 잊지 마. 비행기는 언제나 우리를 기다리고 있어. 그리곤 둘을 위해 묘하게 엽기적이거나 귀여운 선물을 선택한다. 지난번 미국 여행에서 밥 아저씨 손가락 인형을 줬으니, 이번에는 뽑기에 빠진 J를 위해 귀여운 캐릭터 가챠를 골랐다. 나만 줄 수 있는 선물을 통해 나의 존재를 부각하는 나름의 우정 전략이다.

여행과 너무 멀어진 O와 J를 끌고 함께 공항에 가고 싶다. 12개의 캐리어 바퀴가 덜덜거리면서 반소매와 패딩이 공존하는 묘한 기온의 공간을 휘저어야 하는데. 각자의 설렘을 공유하며 비행기를 타기 전 한식을 먹고, 비좁은 비행기 좌석에서 화장실 가는 친구를 장난스레 타박하고 싶다. 둘을 위해 기꺼이 토크쇼 호스트가 될 수도, 광대가 될 준비도 마쳤는데 업무에 치여 눈물 흘리는 일상이 더 흔해져 셋의 여행은 자꾸만 판타지처럼 여겨진다.(이 글을 쓰는 지금도 집에 가고 싶다는 O의 메시지가 도착했다.) 사실 이제는 둘을 위한 기념품을 그만 사고 싶다. 둘의 선물을 고를 때마다 함께하지 못한 여행이라는 걸 실감하기 때문이다. 각자의 지인에게 어떤 선물을 줄지, 상당히 민망한 물건을 잡고 낄낄거릴 순간들을 상상하면서 아이슬란드로 향하는 우리의 여정이 가까워지기를 바란다. 계속해서 함께하고 싶은 계획들은 쌓여가는데, 비극 로맨스 속 주인공이 되어 만남의 성사가 힘겹다.

삿포로에 여름과 가을이 밀접해 첫날과 확연히 다른 뽀송해진 바람이 불었다. 손가락을 비비면 종이를 맞댄 것처럼 빽빽했다. 겨울이 먼저 떠오르는 지역에 있으니 눈 한 송이 없는 순간일지라도 아이슬란드가, 친구들과의 약속이 달려 나온다. 둘은 한없이 가벼워진 나의 캐리어를 아직 실제로 본 적이 없는데 함께 여행하면서 내 짐을 보고 경탄하길 바란다. 그때까지 우리 셋 인생 파이팅.

Sapporo
#7

모두의 오도리

거창한 스케줄의 둘째 날을 마무리하고, 무계획이 계획이었던 셋째 날이 도래했다. 스스키노는 쇼핑하기에 최적의 위치였고 엄마와 나는 가벼운 몸으로 숙소를 나섰다.

우리가 가장 먼저 들어간 곳은 파르코 백화점이었는데, 두 사람의 취향을 모두 둘러봐야 하니 시간은 두 배로 걸렸다. 어중간한 당 섭취로 인해 식사까지 생략되어 중간중간 쉰다 해도 빠르게 체력이 돌아오지 않았다. 엄마는 점점 말수가 줄어들었고, 어디를 가더라도 비슷한 반응이 줄지었다.

"지금 피곤하시죠."

"응."

오도리 공원 앞 도토루 카페로 빠르게 향했다. 삿포로에 벌써 3번째 방문한 엄마라 이번 여행은 투어 일정을 빼면 관광지를 보러 갈 만한 기회가 없었다. 오르골이 유명하다는 오타루도 냉정하게 다음을 기약했다. 나와 함께한 삿포로가 이전의 여행과는 다른 결이길 바랐기 때문이다.

"오도리 공원 볼 거 없는데. 그냥 작은 공원이야. 거기를 왜 투어했는지 모르겠어."

휘핑크림이 잔뜩 올라간 바나나 셰이크에 꽂힌 빨대를 물며 툭 던지는 엄마의 한 마디. 하지만 그녀의 말은 중요치 않다. 2가 두 개의 1이 되어 각자의 시간을 즐길 때이다. 내가 주문한 큰 용량의 루이보스를 입에 털어 넣었다. 약한 쌉쌀함과 바닐라 향이 각자의 자리를 잃지 않은 채 어우러져 답답함을 뻥 뚫어주고 기관지에 쌓였던 먼지가 훌훌 털렸다. 정신이 좀 뚜렷해지자 하루 종일 제대로 일하지 못했던 카메라를 손에 쥐었다. 엄마는 도토루에, 나는 오도리 공원으로 흩어졌다.

쇼핑으로 마무리하기엔 모든 것이 선명한 날이었다. 도보를 걸을 때마다 머리카락을 쓰다듬는 바람이 가을의 탄성을 뱉었다.

차도 너머로 보이는 공원의 나무가 도토루 형광등보다도 눈부셨고, 나뭇가지에 매달린 작은 별들이 기분 좋게 흔들렸다.

공원은 곳곳에 앉을 자리가 많아 모두의 자유로운 시간을 허락하는 듯했다. 군것질거리를 파는 가게들이 있어 사람들은 구미가 당기는 간식을 손에 들고 달짝지근한 시간을 보내는가 하면, 양손이 자유로운 채로 공원을 활보하거나 하늘을 바라보고 있었다. 공원은 작지만 날씨를 즐기기엔 충분했다. 가을바람이 모두를 훑으며 상쾌함을 고조시켰다. 유달리 높게 느껴지는 하늘과 건물 뒤로 숨은 새하얀 색 구름, 물속에 발을 담근 채 빙빙 돌고 있는 아이들, 행복을 웅얼거리는 사람들을 통해 꽉 찬 평화가 공원을 둥글게 감쌌다. 쌓였던 소란스러움이 해소되며 시끄러움은 아득해졌다.

근처에 방송국이 있는지 몇 명의 스태프와 기자가 주변을 두리번거리며 적당한 사람들을 찾아 인터뷰를 진행하고 있었다. 가끔 짧은 클립 영상 속 사람들의 표정에서 발견한 시시콜콜하고 확실한 행복을 담고자 노력하고 있을 중일지 모른다. 기나긴 평범한 일상에선 심각하고 무거운 이야기보단 소소한 것들이 강한 힘을 발휘하기 마련이니까.

정형화된 건물 사이에 덩그러니 놓인 공원이 관광지가 된 이유를 이해할 수 있었다. 들어가고 나가는 것이 정해진 네모난 공간과 달리 공원은 언제나 우리를 맞이했다. 모두가 똑같이 입어야 하는 교복, 타이트한 흰 셔츠와 딱 떨어지는 검은색 하의, 가쁘게 쳐내야 하는 업무들 사이에서 우리에겐 아무것도 정할 의무가 없는 공간이 필요하다. 일상에서 도망치고 싶을 때 언제든 기다리고 있는 오도리 공원 안에서 몇 번이고 돌며 시간을 허비할 수 있다. 무의미하게 흘려보낸 시간이 우리에게 완벽한 위로가 될 수 있도록.

몇 번의 셔터를 반복하다 카메라를 끄고 공원을 만끽했다. 선선하고 상쾌한 음들이 희미하게 머리와 귀를 감쌌다. 좋아하는 노래가 흘러나오는 헤드셋이 간절했다. 좋아하는 것이 조금 모자란 시간이 아쉽지만 구체적이지 못한 노래들을 최대한 자세히 떠올리며 주변을 긁었다. 사진보다 눈에 직접적으로 담아지는 것들을 빠르게 주우면서. 이 찰나의 감탄은 기억에만 의지하여 더 풍부한 언어로 재탄생할 것이다.

"둘만 있으면 집이 절간 같지?"

어느 날 아빠는 확신이 담긴 목소리로 우리에게 물었다. 한 번도 인지한 적 없던 질문에 우리는 둘 다 당연하다는 표정을 보였다. "이야기할 땐 이야기하지, 아니면…." 둘이 가족임을 증명하는 함구가 집안을 채웠다. 침묵이 어색하지 않은 사이. 각자의 세상이 확실한 자들은 꼭 문자로 이어질 필요가 없음을. 우리에겐 소리와 거리가 중요하지 않다.

같이의 여행이었음에도 언제든지 혼자 맞이할 준비가 된 우리다. 그렇기에 남들이 우려하는 언쟁이 걱정할 요소가 아니었을지 모른다. 서로의 산을 넘고, 언어가 불필요한 순간들을 차곡차곡 쌓아 각자의 성을 세웠다. 언제든지 오갈 수 있는 통로와 함께.

"어땠어?"

"엄청 예쁘던데요. 날씨가 진짜 좋아서."

카메라에 찍힌 오도리의 나무를 그녀에게 보였다. 윤기가 떼어진 파편이 모니터에 밋밋하게 담겨 있고, 그녀의 시선은 몇 초 카메라를 향하다 다시 자신의 핸드폰으로 돌아갔다. 미적지근한 반응이지만, 결국 나는 오도리를 떠올리면 바람에 흔들리는 나무 너머 카페에 앉아 있는 그녀가 그려질 것이다. 2로 시작해 2로 마무리된 오늘이니까.

Sapporo
#8

상해버린 취중진담

“넌 참 말을 안 해.”

가족들 앞에서는 내 말수가 극히 적어진다. A to Z를 전달하는 형제와 달리, 나는 껍질 같은 소재들로만 그들과 대화를 나누는 일이 잦다. 인어공주와 비슷한 저주에 걸린 게 분명하다. 솔직함으로 시작되는 대화를 시도할 때마다 누군가 내 입을 틀어막는 듯 목소리가 사라졌다. 이럴 때마다 술 생각을 피하기 어렵다. 취할 정도로 술을 마시면 몸의 나사가 전체적으로 풀려 어떤 이야기든 꺼내기가 수월해지기 때문이다. 뚝심 있게 박혀 있던 비밀의

너트가 천천히 느슨해지고, '나만 공개'였던 비밀들이 단 몇 시간만 전체 공개로 전환된다. 그리고 그 하루의 토막으로 관계가 부쩍 가까워지는 게 좋다. 하지만 성인이 된 지 한참이 지났음에도 엄마와 단둘이 술을 마시는 일은 이번 여행이 처음이었다. 나는 가족들과 술을 마시지 않기 때문이다.

삿포로에서 맥주에 눈을 다시 뜨게 된 엄마는 여행하는 내내 맥주를 찾았다. 붉어진 엄마의 얼굴을 보면서 유통기한이 끝나가는 진솔함을 내밀어볼까 했지만 역시나 어려웠다. 맥주 두 잔으로는 내 목소리가 돌아오지 않았다.

친구들에게도 진실을 꺼내기까지 오랜 시간이 걸렸다. 마음속에 무겁게 내려앉은 것이 발화되어 상대방에게 도착했을 때 영영 해결할 수 없는 미지의 수수께끼로 변할까 두려웠다. 그러다 우연히 보게 된 애착 유형 시험에서 '회피형'이라는 단어가 날 정의했다. 딴에는 마음의 병이 없을 거라 가진 자부심이 무색해졌다. 정신이 건강한 사람은 자기 이야기를 조금 더 자유롭게 한다는 걸 깨닫고, 그 후로 더 건강한 사람이 되고 싶어 친구들에게 이야기를 꺼내기 시작했다. 부담스럽지 않게, 장난스럽고 가볍게.

친구들은 장난 속 숨은 진심을 빠르게 찾아냈다. 나로 기인하는 위로에서 절대로 얻을 수 없는 힘을 그들로부터 받았다. 누군가는 위로와 격려, 누군가는 조언을 더해주면서 엉켰던 마음을 풀어주고 오래 묵혀둔 문제가 천천히 줄어들도록 쓰다듬어 주었다. 회피형의 산은 여전히 드높지만 그래도 최선을 다해 노력하고 있다. 회피보다 마주할 용기가 더 커질 때까지. 최선을 다해 나를 맞춰주는 이들에게 마음을 다하며 살아가자고 항상 다짐하며 사춘기 시절에도 못 느꼈던 친구의 소중함을 최근에야 여실히 깨닫고 있다.

친구들과 매일 미라클 모닝이 아닌 '미라 모닝'을 장난 반 진심 반으로 이어가면서 회사에 속한 날들이 빠르게 흘렀다. 새로운 사람들과 적당히 거리를 두며 나누던 대화가 좁혀지고, 나를 향해 호의를 베푸는 이들이 늘어나는 시간은 즐거웠다.

그러다 영화관으로 애니메이션을 보러 간 토요일이었다. 평소에도 픽사 애니메이션을 가장 좋아하는 편이라 한참 전부터 기다리고 있던 작품이었다. 영화 티켓은 새로운 세계로 나를 부르는 초대권 같았고, 나는 새로운 캐릭터들과 같은 공간과 시간 속에서 호흡할 순간만을 기다렸다.

영화는 초반에 세계관을 대략 설명하기 위해 전경을 보여줬다. 온갖 원소들의 특징이 드러난 건물들이 펼쳐졌다. 물, 불, 공기, 흙의 원소들이 살고 있는 도시는 내가 봐온 도시들과 비슷하면서도 달랐다. 큼지막하고 독특한 건물들이 눈앞으로 쏟아졌고, 나는 순식간에 눈가가 촉촉해졌다. 어딘가 버튼이 눌린 듯 흐릿해지는 화면을 막을 수 없었다. 영화 <해리포터>에서 호그와트의 학생이 되고, <나니아 연대기>에서 옷장 안으로 함께 들어가듯 하나의 원소가 되어 도시 속 일원이 되어야 했지만 나는 실패했다. 커다란 스크린 위로 나만의 장면이 보였다. 주인공 둘은 스틱스 강 건너편에서 내게 인사를 건넸다. 나는 그 강을 절대로 넘을 수 없었고, 그들은 빠르게 멀어졌다. 일방적인 이별 통보였다.

까마득한 거리감을 느낀 후, 본격적으로 회사 생활이 추락했다. 여러 가지 이유가 삽시간에 팽창하면서 나를 작아지게 했다. 회색 칸막이 안에 들어가 있는 나의 물건 중 살아 숨 쉬는 것이 하나도 없었다. 그리고 점차 나도 이 물건들과 다를 바 없어질 거란 공포에 휩싸여 회사 안에서 호흡이 원활한 시간이 점차 줄어들었다. 이러다가 잿빛의 결말을 맞을 거야. 나는 모든 색을 잃어버릴 거야. 절망이 담긴 혼잣말을 자주 중얼거렸다.

7일 중 5일의 시간을 불행하게 느끼자 얼굴에서 티가 나고, 가족들도 안부를 물었다. 괜찮니? 요새 회사에 무슨 일 있어? 하지만 걱정 어린 물음 속에도 나는 진실을 답할 수 없었다. 너무 잘 알기에 나는 그들을 믿지 못했다. 대충 고개를 젓거나 문을 닫는 것으로 대답했다. 그러다 이골이 날 것 같아 짧은 한마디를 토해 냈다.

“머리가 너무 아파요.”

“원래 다 그래.”

평서적인 나의 문장엔 큰 용기가 담겨 있으나 가족이 눈치채기엔 지나치게 사소했다. 쉽게 풀이 죽어버려 문장은 사라지고 짜증만 남았다. 아침에 눈을 뜨고 마무리를 짓는 공간에서 안락함은 사라진 지 오래였고, 눈물이 멈추지 않는 하루들이 쌓여갔다. 그 무렵 정세랑 작가의 <시선으로부터>를 읽을 때마다 지하철에선 몇 번이나 고개를 들어 눈이 건조해지길 기다려야 했다. 주인공의 가족들은 내가 원하는 말을 대신해 주었다. 말하지 않아도 모든 걸 알아차리는 배려가 어루만져지고, 살결이 느껴지는 가족들보다 종이 속 사람들이 부드러웠다. 너무 사랑하는 만큼 너무 미워서, 혼자만의 갈등이 깊어졌다.

“삿포로 여행 가는 동안 잘 생각해 봐. 나는 남았으면 좋겠는데.”

힘겨운 결정 끝에 팀장님의 답변이 돌아왔다. 이미 굳건해진 마음은 뿌리를 내린 돌처럼 확고했으나 개운함보다는 막막함이 밀려왔다. 살기 위해 결심했으나 어느 면에선 죽음을 자초한 결정이었다. 근심이 빠르게 머리까지 도달했고, 엄마의 모습을 볼 때마다 오감은 시큰거렸다. 오랜 시간을 방황하는 내게 조금씩 냉정해지고 눈빛에서 사랑보단 실망이 비치던 그녀의 모습을 다시 불러내야 했다. 그녀는 나를 사랑해서 불안할 것이다. 나 또한 그녀를 사랑해서 나의 상황을 말하기가 어려웠다. 사랑에 가려져 술로 꺼낼 수 없는 비밀이 침몰했다.

"여행 왔는데 월급도 나오고 너무 좋겠다."

삿포로의 마지막 날, 횡단보도를 건너며 엄마는 기분 좋은 목소리로 말을 꺼냈다. 엄마의 바람을 타고 날아와 내 귓가와 콧등을 간지럽혔다. 여행 내내 나는 엄마의 뒷모습을 자꾸만 바라봤다. 얼굴을 보지 않아도 그녀의 표정이 선했다. 행복하고 자유로운 시간. 이 여행이 그녀에게는 좋은 기억으로 오래오래 남으리라. 뒤를 돌아 나를 바라보는 엄마를 향해 나도 덩달아 미소를 지었다.

그녀에게 괜찮다고, 이번이 끝이 아니라는 말을 듣고 싶었다. 하지만 엄마의 말 주머니 속에는 자식에게 조립할 수 있는 위안의 언어가 소멸한 지 오래다. 내 자백은 먹구름이 되어 가슴을 눅눅하게 적셨다. 밤마다 불을 끄고서도 빛이 들어올까 무서워 눈을 꽉 감은 채로 스스로 최면을 걸었다. 나는 거짓말을 한 게 아니야. 그냥 말하지 않은 것뿐이야. 아직은 아니야. 뻔한 시간이 다가오면서, 나는 최선을 다해 그녀의 시간에만 치중했다. 태풍이 오기 전 잠잠하고 행복한 상태의 클리셰 영화를 떠올리면서.

> 자기 자식이 어떤 성품인지 다 아실 테니 재능이 있고 없고를 떠나, 하지 않으면 스스로를 해칠 것 같습니까? 즐겁게 그리고 쓰고 노래하고 춤추는지, 하지 않으면 괴로워서 하는지 관찰하십시오. 특히 후자라면 더더욱 인생의 경로를 대신 그리려고 하지 마십시오. 그런 아이들을 움직이는 엔진은 다른 사람이 조작할 수 없습니다. *

* 정세랑, 『시선으로부터』(문학동네, 2020), 219쪽

Sapporo
#9

나무와 새가 되어 이별을 기대해요

땀을 뻘뻘 흘리며 바쁜 일정을 모두 마무리한 우리. 샤워를 마친 뽀송한 상태로 각자의 침대에 누워 핸드폰을 바라보고 있었다. 핸드폰 화면을 손가락으로 탁탁거리는 소리만 존재하던 공간에 엄마의 물음이 차올랐다.

"아무 곳에서나 살 수 있다면 어디에서 살고 싶어?"

막연한 물음은 자신의 확고한 답에서 피어오른다. 나는 내 대답 대신 엄마의 이어지는 말에 귀를 기울였다.

"나는 젊을 때는 어디서든 살면 된다고 생각했는데, 요새는 아닌 거 같아. 이제는 주변에 친구들이 없으면 외로울 것 같아."

엄마는 대학생이 되고 나서부터 가족들과 멀리 떨어져 살았다. 400km 정도 떨어진 거리를 두고 올라온 서울에서 20살의 두 배 가까이 되는 시절을 보내고 있다. 치기 어리던 시절을 지나 치기 어린 자식들도 서서히 누그러질 만큼의 세월이 흘렀다. 이제 엄마가 더 오래 머문 곳은 엄마와 아빠가 손을 잡고 만들어 낸 가족들과 함께 보낸 곳이다.

나는 종종 걱정했다. 엄마 말고 다른 이모들이 시간을 함께 보내는 순간들을 바라보며 외롭지 않을까 하고. 엄마도 그들과 쉽게 목소리를 섞고, 커피잔을 들고, 약속을 달력에 꼭 적지 않아도 만날 수 있는 관계를 꿈꾸지 않을까 하고.

하지만 내게 피어올랐던 걱정을 입 밖으로 꺼낼 때마다 엄마는 고개를 저었다. 나와 비슷한 엄마는 타샤 튜터의 정원을 보며 마음이 간질거렸고, 매번 TV에서 나오는 초원을 보며 좇았던 사람이라 꽃과 나무 속 모습이 더 자연스러웠다. 엄마는 그저 너무 복잡하지 않지만, 그렇다고 혜택이 너무 멀어지지 않는 곳에서 살고 싶다 그랬다. 자신의 꿈과 현실을 적당히 타협한 이상향이었다.

일상을 벗어나 낯선 곳에서 의지할 것이라곤 자식 하나밖에 없는 이국의 땅에서 엄마는 이제 누군가와 함께함을 당연하게 여겼다. 발을 가볍게 맞추고 어디든 떠날 준비를 마치며 하루하루를 보내던 엄마는 이제 뿌리를 내려 안정을 끌어안았다. 나는 엄마의 문장들을 머리와 가슴 속에 천천히 그려가며 답했다.

"저는 어딘가에 오래 살고 싶다는 생각이 없어요."

우리는 새로운 곳에서 새로운 순간들을 함께 맞이하며 시간을 쌓고 있었지만 각자의 세상만큼은 다른 방향으로 나아가고 있었다. 나는 오히려 시간이 흐를수록 내 기억이 쌓인 공간들이 낯설게 느껴졌다. 새로운 곳들은 설렘으로 가득 차 불안함이나 공포에 내어줄 자리가 없었다. 발이 닿는 곳이라면 모두 내 고향이었고, 낯선 하늘이어도 내가 지내던 곳과 다녀왔던 곳이 이어진 하늘이라 안심했다. 떠나온 과정에서 새롭게 떠날 수 있는 곳을 상상했고, 가보지 않은 곳에 들어가 낯선 환경에 조금씩 적응하는 나를 그렸다. 나의 일상이 모든 곳에서 당연하게 자리잡고 나의 조각이 지구 어디에서든 꿰맞춰지기를 바랐다. 이제는 내가 물었다.

"무엇이든 될 수 있다면 어떤 게 되고 싶어요?"

엄마는 고민하지 않고 바로 대답했다.

"나는 나무가 되고 싶어."

그녀의 대답에 나는 곧바로 말을 잇지 않을 수 없었다.

"나무면 뿌리를 내리고 그곳에 가만히 있어야 하는데요?"

그녀의 대답을 기다리며 나는 나무가 된 엄마를 상상했다. 엄마는 동네를 지키는 수호목이 될까 아니면 길거리에서 흔히 볼 수 있는 가로수가 될까. 한 계절을 기다리며 꽃피울 준비를 마치는 화사한 꽃나무가 될까.

"바람도 불고 새도 오잖아. 내가 움직이지 않고 다 받아들일 거야."

자연스레 엄마의 나무는 수호목이 되었다. 작은 동산 위에 우뚝 서서 오랜 전통을 지키는 나무. 세월이 흐르고 흘러 동네에 살던 사람이 노인이 되고 자손이 다시 자라 노인이 되는 걸 모두 지켜볼 수 있는 나무. 다른 것들의 세대를 아우르면서 요동치는 세상 속에 고요한 자리가 되어줄 나무였다.

눈부시게 반짝거리던 오도리 공원의 나무 옆 나의 모습이 천천히 나타났다. 크고 울창한 나무 사이를 가르는 바람이 되고, 나무에 잠깐 쉬었다 가는 새가 되었다. 엄마, 나는 새가 되고 바람이 될래요. 그리고 씨앗도 되어 엄마의 나무에 머물러 가는 존재가 될래요. 우리의 만남이 영원하진 않더라도 서로가 다름을 인정하면서 각자의 이별을 사랑할래요.

나는요, 돌아다님에 기뻐하고 정착함에 비틀거리는 사람이 되

어가고 있어요. 엄마의 뿌리가 점점 깊어지면서 큰 가지를 내밀고 아름다운 잎과 꽃을 피워 갈 때, 저는 계속 날개를 푸드덕거리며 날아갈 준비를 마치고 있었어요. 저는 아직 돌아보고 싶은 곳이 많아요. 매번 일상을 쌓아 올리던 집은 오히려 저를 힘들게 하고, 익숙함은 병이 되어 저를 잠식하고 있어요.

하지만 엄마에게 이런 말을 꺼내긴 두려워요. 30년을 가까이 품어 온 존재가 한순간 사라진다는 건 언제 말을 꺼내더라도 두렵고 낯선 이야기가 될 테니까요.

나는 하고 싶은 말을 이빨로 잘근잘근 씹어 심장으로 걸어 잠갔다. 그저 지금은 하얗고 무거운 이불 사이에 파묻혀서 아름다운 수호목을 상상하는 걸로 충분했다.

여행을 마무리하고 돌아오는 날, 불이 어두운 비행기 안에서 바라본 밖은 타오르던 해가 서서히 저물고 있었다. 점점 작아지던 태양은 손을 뻗으면 잡힐 만큼 가깝게 느껴졌다. 붉게 찰랑이는 스카프를 맨 태양을 한참이나 바라보다 고개를 돌리니, 눈을 감은 채 태양도 달도 보지 않은 엄마가 잠을 쫓고 있었다.

엄마와 태양의 모습을 번갈아 보며 나는 다시 한번 속삭였다.

엄마, 나는 태양을 쫓으며 살아갈래요. 영영 타오르고 매일 지고 있는 태양을, 창백하게 반짝이는 달을 쫓으며 살아갈래요. 어디에 쫓기는 것 없이, 뿌리를 내리지 않고 굳게 자리를 쥐고 있는 것들을 보며 안심하며 떠날래요. 외로움을 느낄 때면 항상 똑같은 것들을 바라보며 잠시 위로받고 또 다른 새로움을 찾을래요. 그래서 나는 엄마의 자리로 찾아와 새로운 비가 되고 양분이 되어 다시 떠날 준비를 마치겠어요. 반짝거리는 이별을 반복하며 우리, 각자의 자리에서 그렇게 살아요.

어느새 태양은 자취를 감추고 도시도 멀어져 아무것도 보이지 않은 까만 어둠 속 군데군데 흰 구름만 어슴푸레 존재를 드러냈다. 나는 보이지 않는 달을 감은 눈으로 선명하게 떠올리며 나무의 어깨에 머리를 기댄 작은 새가 되었다.

Epilogue

둥글게 걷다 보니 어느새 꿈

책이 나올 거라는 이야기를 가장 먼저 엄마께 말했다. 우리가 함께 카페를 간 날이었는데, 통창으로 된 카페 유리창 너머로 보이는 풍경엔 전체적으로 회색빛이 깔린 채 굵은 눈발이 흩날리고 있어 해가 진 산장 안에 들어와 있는 듯한 고요함이 느껴졌다. 엄마는 책을 읽고 있어 글자를 따라 미세하게 눈두덩이가 움직이고 있었고, 나는 노트북으로 출판 계약 사항을 읽고 있었다. 흰 바탕에 적힌 검은 글자를 보다 엄마로 시선을 옮겨 입을 열었다.

"엄마는 책을 낸다면 본명으로 내고 싶어요, 필명으로 내고 싶어요?"

"필명으로."

"그러면 생각해 둔 이름이 있으세요?"

"이름에서 가운데 글자만 뺄 거야."

그렇게 나온 엄마의 필명은 제법 멋진 이름이었다. 동음이의어로 멋진 의미가 있는 단어도 있었고, 차분하고 강단 있는 그녀와 곧잘 어울리기도 했다.

"엄마, 저도 책을 낸다면 필명으로 내고 싶은데, 저는 엄마의 성을 꼭 쓰고 싶어요. 제가 책을 좋아하게 된 건 엄마 덕분이니까, 글을 쓸 때만큼은 엄마의 성을 쓸래요."

엄마는 내 이름을 지을 때 나왔던 다른 이름들에 자신의 성을 붙여 줄줄이 말하기 시작했다. 이름들은 이상하리만치 차분한 느낌들이 강했다. 나는 어깨를 으쓱거렸다.

"좀 더 역동적이면 좋겠는데."

"그럼 엄마 필명을 써."

예상외로 아무렇지 않게 자신의 필명을 넘겨주는 엄마를 보며 나는 손사래를 쳤다.

"안 돼요. 나중에 책 내시면 쓰세요."

나는 언젠가 엄마도 책을 쓰리라 생각하는 사람이기에 그녀의 이름을 가져가고 싶진 않았다. 그리고 그 이름은 그녀와 무척 잘 어울렸다. 나의 것은 아니었다.

"제가 갑자기 물어본 건… 사실 곧 책이 나와요."

모든 것을 덜어내고 최대한 사실만을 담은 담백한 소식이었다. 얼떨떨한 표정을 지은 엄마를 보니 웃음이 새어 나왔다. 몇 개의 질문과 답변이 오가다 그녀는 내게 악수하였다.

"축하해. 근데 실감이 잘 안 난다."

"저도 잘 안 나긴 해요."

글자만큼이나 무미건조한 축하와 공감이 오갔으나 그 대화를 나눈 카페의 좌석을 나는 잊지 못할 것이다. 그녀의 차분한 목소리 너머로 또렷한 기쁨이 들렸으니까. 창과 떨어져 있어 별로 좋아하는 자리가 아니었음에도 가장 좋아하는 자리가 되었고, 카페에 갈 때마다 비어 있는지 확인하곤 한다.

책을 써보고 싶다고 말하던 여자, 내게 전경린 작가를 추천해 준 여자는 내가 아는 사람 중 가장 책을 열심히 읽는 여자다. 그리고 그녀에게 정세랑 작가를 추천해 준 나 또한 책을 쓰고 싶은 사람이었고, 앞으로도 책을 쓰고 싶어 하며 살아갈 것이다. 우리가 서로의 첫 번째 독자가 될 날을 고대한다.

학교를 졸업하고 나서 제법 현실적인 사람이 된 줄 알았으나 완전한 착각이었다. 돈 때문에 취업한 인간치고 슬슬 배가 부르니 낭만 병이 도졌다. 사람도, 새로운 환경에 뛰어드는 것도 좋아하는 편이라 입사 후 몇 달은 즐거웠으나, 자극은 잠시뿐이었다. 난 또다시 적색 벽돌로 차곡차곡 쌓아진 딱딱한 공간에서 예술적인 무언가를 찾기 위해 노력하고 있었다. 돈 벌면서 하고 싶은 일은 여가 시간에 하라는 것 자체가 나에겐 새로운 살인법처럼 들렸다. 그래서 회사를 박차고 나와버렸다. 꽤 무모하게. 성공한 작가들도 글로 돈을 더 벌 수 있는 상황이 되고 나서야 직장을 그만둔다는데, 나는 계약도 아무것도 없는 채로 일을 그만둬 버린 것이다. 다년간의 실패로 깡만 잔뜩 늘어버린 패기가 건재했다. 그래서 지금도 다른 작가님들의 에세이를 읽을 때마다 움찔한다. 다들 나만큼 막무가내는 아니라서.

갑작스레 비경제활동 인구에 속한 것치고 다행히 예상보다 빠르게 책을 출간하게 되어 정말로 운이 좋았다고 생각한다. 글을 쓰는 한 해 동안에는 국내, 국외를 막론하고 어디 가서 소원을 빌 때마다 글로 돈을 벌게 해달라고 빌었는데, 여러 번 쌓인 소원의 효력이 좀 강했는지 어딘가에서 이뤄준 듯싶다. 물론 앞으로도 계속해서 전전긍긍한 삶을 살면서 현실의 무게에 흔들릴 테지만, 하고 싶은 일을 못 하고 풍족하게 사는 것보단 하고 싶은 일을 하다 굶어 죽는 걸 선택할 인간이란 걸 인정하기로 했다.

다녔던 회사에서 좋은 사람들을 만난 덕에 내가 가진 꿈을 솔직하게 털어놓을 수 있었다. 진지하게 들어줬던 그녀들의 표정은 원고를 다듬을 때마다 종종 떠올랐고, 책을 계약하기로 한 날, 이 책이 완성되면 회사로 살포시 보내볼까 하는 생각도 들었다. 책을 마무리하던 도중 우연히 닿은 연락에 조심스레 책을 보내도 되냐고 물으니 언제나처럼 따스하게 답해주셔서 감사했다. 티 나게 암울해지던 미숙한 인간을 이해하기 위해 노력해 주셔서 책을 쓰는 동안에도 자주 생각났던 소중한 인연들이다.

혼자 떠난 오사카를 시작으로, 여행은 내게 글과 사진의 세상을 이어준 매개체가 되었다. 13살에 큰고모와 단둘이 떠난 남아공 여행에서 디지털카메라를 비스듬히 쥔 채로 사진을 찍던 내가 떠오른다. 내 눈에 담긴 세상을 뷰파인더 속 작은 화면으로 남기는 것을 즐기던 나는, 키보드 소리가 듣고 싶다는 이유 하나만으로 무턱대고 워드를 켜서 아무 글이나 적던 나와, 공책에 빽빽하게 채워진 글씨를 좋아하던 나와 연결됐다. 혼자 떠난 오사카 여행은 공책, 카메라, 노트북이 나의 대화 상대가 되어 가장 솔직한 이야기를 나눈 10일간의 여행이었으며 나는 앞으로도 숱한 여행을 떠나겠지만 처음 혼자서 떠난 2023년의 첫 여행은 오래도록 내 곁에 남을 것이다. 그 이후로 나는 나와 대화하는 법을 배웠다. 혼자일 때도, 혼자가 아닐 때도 스스로 말을 걸며 껍질이 두 세 겹 벗겨진 솔직한 순간들을 차곡차곡 쌓고 있다.

당분간 세워둔 여행 계획이 없다는 말을 주변에 하고 다닌 게 무색하게 나는 또다시 각종 항공사 사이트를 들락거리는 하루를 반복하고 있다. 영화 예매 앱보다 비행기표 예매 앱에 더 자주 들어가 결제창까지 넘어갔다가 화면을 끄고 간신히 워드의 빈 페이지를 키는 날들이 이어지고 있다.

여행은 더 이상 내게 틈이 날 때 떠나는 것이 아니게 되었다. 한 곳에 오래 궁둥이를 붙이고 앉아 있는 것이 너무나 어려워졌다. 집인데도, 내 방인데도 나는 몇 날 며칠을 같은 장소에서 시간을 보내야 한다는 사실이 괴롭다. 그래서 동네 카페를 돌아다니다가 집으로 돌아왔는데도 불구하고 나는 여전히 다리를 떨면서 새로운 장소를 물색하고 있고, 이 글을 마무리하는 날마저 결국 밖으로 나와 버렸다. 기왕 이렇게 된 거 될 때까지 열심히 돌아다니며 꿈을 위해 최선을 다하기로 마음먹었다.

계약서에 도장을 찍게 된 날, 출판사 대표님과 번호를 주고받았다.

"정원 작가님으로 저장했어요."

대표님이 보여주신 핸드폰 화면에는 낯선 필명과 익숙한 전화

번호가 보였다. 초밥집에서 얻은 유기농 상추가 담긴 비닐봉지와 대표님의 표정이 햇빛과 어울려 반짝거렸다. 마냥 공중에 떠 있는 듯이 남의 것 같았던 이름이 그제야 나의 것이 되었다. 나 앞으로는 두 가지의 이름을 갖고 살아가는구나. 나는 누군가에게 정원으로 더 익숙한 사람이 된다는 걸 깨달으니 또 다른 여행을 시작한 기분이 들었다.

여행 각성

초판 1쇄 2024년 3월 18일
글 · 사진 · 편집 정 원

디자인 지유정
마케팅 김지명

펴낸이 옥미향
펴낸곳 도서출판 북심
등록 제2023-000031호(2023년 2월 13일)
이메일 book_sim@daum.net
인스타그램 @book_sim
ISBN 979-11-984157-1-4(03810)